锅碗瓢盆

张羊羊 著

长江出版传媒　长江文艺出版社

自　序

　　奶奶走了。她做过许多清贫年月的菜，好吃，比如水焖蛋，我还没来得及学会。这是一种遗憾，一种遗憾就像一块砖，我的身后，已有一堵墙了。

　　熟悉我的人，都晓得我不太爱吃菜。尤其几个心疼我的，饭桌上一坐下，就会先夹两筷菜放我碗中，然后以命令式口吻："吃完这点菜才允许你喝酒!"每每此刻，我的心里是感动的。

　　我这样一个有轻度厌食症的人，来写一本关于吃的书，想想有点贻笑大方。一个从来不吃羊肉的人居然写过一篇《全羊宴》。

　　我只是会做几个家常菜，除了家人，一些来我家里吃饭的朋友吃了说蛮好吃的。可奇怪的是，给我几样新食材，我瞎烧烧也会烧得很不错。我不太好意思说，这也许也是一种天赋。

　　说我喜欢做菜吧，也谈不上，因为我洗碗也会像做菜那般认真，谁又会说自己喜欢洗碗呢?因为这就是你的日常生活。小时候大人忙，土灶边，妹妹烧柴火我做菜，大人回来就有现成的饭吃了。如果我有一个姐姐，我就是那个烧柴火的弟弟。我的爱人虽然是姐姐，家里却用不着她妹妹烧火她烧菜。

从菜场选菜、择菜、做菜，配上合适的餐具。做好了，我只是稍微吃几口，然后看着家人和朋友吃，特别愉悦与满足，然后洗好碗筷。我喜欢一个人完成整个过程，若有人参与了其中一个环节，对我来说就是不完美的，这可能是一种癖好。

所以，我一直在做饭中，做到老。我以前甚至想过，我先走了，留下这个不会做饭的老太婆怎么办？这几年外卖越来越丰富，也用不着操这个心了。

我给《散文》写过亮月饼、猪头肉、炒米，给《锺山》写过米酒、豆腐、馄饨，给《香港文学》写北瓜丝饼、阳春面、春卷时，周洁茹说，我俩一人给故乡写本关于食物的书吧。我说好啊。零零碎碎地写着这些短文。洁茹问过我几次写完没，加上谢雪梅女士在报纸上给我辟了块"故乡的食物"的自留地，催催写写，就差不多有了这样的一本书。周洁茹还问过我一个问题，你写的植物难道不是食物？我说当然是食物，好吃的当食物吃，不好吃的当好药喝。包括我写的动物大多数也是食物。

这本书写的是家长里短，难免写得啰嗦了点。写完再读读也就几篇稍微满意的，我读书就很偏食。像我做完一桌菜，自己只是吃几粒花生米或螺蛳一样。

从《米酒》开篇到《草药》收尾，我乐意与你举杯共饮，更乐意与你相约各自照顾好身体。等我再老的时候，我想有一幅情景总会在眼前浮现：系了围裙的姆妈，在灶披间煮着一家人的前程。

二〇二一年　立秋

目　录

米 酒

若我生在唐朝，我定要找个人对饮，我觉得他未必喝得过我，诗也未必比我作得高明。这样的话我不止说过一遍，当然我这话是没有道理的。如果我和李白互换个出生年月，他也可以这么说的。

我写这样一段，不光是唐朝酒精度数和装酒器具度量单位的问题，还有喝酒的态度问题。记得有朋友提到过我的一句诗"今日我要把酒灌醉"，也只有他注意到了诗句里主宾的关系。我一向把酒当成好朋友，他当然是有生命的。况且，我很少借酒消愁，既没有"古来圣贤皆寂寞，惟有饮者留其名"的想法，也没有"虚负凌云万丈才，一生襟抱未曾开"的失意，愁自然少了。葡萄牙人佩索阿倒是和我想法差不多，"做个诗人在我便是毫无野心"，所以，我喝酒就是喝酒，再没什么别的，要是和李白同桌，我就拉他喝吧喝吧，别比什么诗歌了。

酒有许许多多的名字。比如醅、醑、醴、酤、醪、醍醐等，看字眼就一目了然的。若说好听的，有白居易"绿蚁新醅酒，红泥小火炉"中绿蚁的清新，有黄仲则"大道青楼望不遮，年时系马醉流霞"中流霞的妩媚。如果遇王世贞"偶然儿子致红友，聊为桃花飞白波"句，怕是一时找不到酒的影子了，眼前分明是一对年轻人谈情说爱的场面。清人梁绍壬有《品酒》，说"论其品格，亦止如苏州之福贞，惠泉之三白，宜兴之红友，扬州之木瓜"，原来红友也是酒名，我猜的话，大概属于黄酒之类。袁枚在酒水单中就说，"至不堪者，扬州之木瓜也，上口便俗"，我似乎看到他尝了口皱着眉头鄙夷地"呸"了一句。

有日，"醉士"皮日休写了首《醉中寄鲁望一壶并一绝》："门巷寥寥空紫苔，先生应渴解酲杯。醉中不得亲相倚，故遣青州从事来。"鲁望即他的好酒友陆龟蒙。我初读此诗中的"青州从事"以为是一官职，查阅资料方知是好酒的隐称。《世说新语·术解》有：桓公（桓温）有主簿善别酒，有酒辄令先尝，好者谓"青州从事"，恶者谓"平原督邮"。原来青州有个齐郡，齐与脐同音，好酒力会一直达到脐部；而平原郡有个鬲县，鬲与膈同音，次酒的酒力只能到达胸腹之间。读读这些酒名，就"深沉"得令我有些醉了。

话说回来，人们多好奇于李白的酒量，动不动就是斗啊石啊斛的，听起来有点吓人。这么说吧，蒸馏酒技术要到宋朝才有，唐朝

米酒

的酒充其量就是江浙一带米酒、黄酒的度数。李白"一杯一杯复一杯"后，还是会"我醉欲眠卿且去"的，他顶多算是个酒量不错的人，据高人分析，比武松的酒量略大些。古人喝酒时间长，没什么其他娱乐，若我坐下来和李白慢慢喝米酒的话，他还真不一定耗得过我。

酒量大小多少有点遗传的因素。我见过不少人，喝上一杯啤酒就面红耳赤，甚至浑身起红疙瘩，这样的人，我从来不忍心劝他酒，那不是让人遭罪吗？我八十多岁的奶奶，每日还是两顿酒，喝酒时神采奕奕，满脸的皱纹润了润，居然好看了很多，一时间觉着酒还有颊上三毫、睛中一画的妙处。我爷爷吧，从小的记忆里就是每顿三斤左右的黄酒，佐以炒黄豆或咸菜小鱼。他是个脾气很暴躁的人，但喝完酒还是会把方圆几十里的地方找上几遍，为没能找回的那条比我小两岁的草狗偷偷落几滴泪。父亲告诉我，他这辈子也没见爷爷喝醉过。爷爷去世得早，那时我中学毕业刚刚开始喝酒，也就三瓶啤酒的量。我还真是有个心愿，能和父亲、爷爷坐一起，好好地喝上一场。这样的场景，只是在梦里反复出现过。

这些年来，我发现自己是个什么酒都喝的人，现在连酱香的白酒也爱上了。我觉得很有必要将以前一篇写酒的文字中的一段在此复述一遍："很喜欢王安忆的一个短篇《酒徒》，那个酒徒和我相似，最喜欢的白酒是剑南春。但这个人居然不喝黄酒，他说黄酒是料酒，喝这种酒有点下作。我不敢苟同。我的家乡有句俗话，大意是说一个把家里烧菜用的料酒都喝掉的人猪狗不如。这种事我做过，还不止一次。"而今想想，我最喜欢喝的酒应该是米酒。

米酒，颜色像米浆，从浑浊苍茫之远，到清澈透明之近，这江南最好的酒，喝一口，仿佛触摸到妈妈的体温。我的岳母，一开始看不惯我喝太多酒，感觉女儿嫁给我这样的人也没什么着落。慢慢地，从每年给岳父酿一缸米酒，变成了两缸，最后因为没庄稼地种了，就买米回来把囤米的缸全用来酿了酒。酿少了，岳父不够喝。缸，你知道是多大的容器吗？如果盛满了酒，会令人十分踏实，再也不必担心喝着喝着酒没了。有个会酿酒的岳母，我挺满足的。每年冬天酿米酒，我就催，妈，可以喝了吗？她说，看你猴急，还没破水呢，再过几天。前年吧，岳父动了心脏手术，从此与酒彻底无缘，我觉得在饭桌上喝酒他却滴酒不能沾，心里挺难过挺不好意思喝下去的。岳母说，以后不再酿米酒了。岳父却反对，女婿爱喝你就再酿些吧。有日岳父躺在病床上，对我说了句，米酒可以喝了，你自己去灌一下。我听了，转个身擦了擦眼角。

记得和一位江南的作家喝酒时，他也说过米酒是他的最爱，这一天，感觉又遇到知音了。过了一年，和他一起喝酒，我说我记得你最爱的是米酒为何不喝呢？他说，谁说的呢？你就不知道我最爱的是这酒？谁说的呢？两个反问"谁说的"，看着他美滋滋地一饮而尽杯中名贵的勾兑酒，我心里凉了一截，心想，原来忘了妈妈不难。还有一个西洋的节，本来在家温米酒喝的，有友邀，说是庆祝。明明知道没什么可庆祝的，还是去了，喝的是中国的米酒，烫的是中国的鱼肉和蔬菜，不知道庆祝的是什么。当然，醉，还是像往常一样醉了。

有次曹寇说，你这个人怎么样吧不说，你写的文章怎么样吧也不说，你有个想法挺好的，在酒桌上喝着喝着就离开这个人世是最美好的事。这话好像是我很久以前说的了，不过我现在要收回这句话，因为每次瞅见幼小孩子透亮的眼睛，我有点心虚，起码要陪他长大些吧。

米酒可以温润我的情怀，比如我喝着米酒，半酣之间还能写下《美妙》：我时常用快乐的心情/想悲伤的事/我最好的朋友/是酒唤回来的逝去光阴里的我/我和我的部分擦肩而过/或许也会握手也会微笑//和过往对饮的人/大可忘记朝代/坐南朝北/清风知己/坐北朝南/明月红颜/今日不取花香/不付碎银/今日我邀七星瓢虫/不醉不归——若一只昆虫也能饮酒，它比酒桌上的很多人要可爱。

花露烧

《食宪鸿秘》引《饮膳标题》云："酒之清者曰酿，浊者曰盎；厚曰醇，薄曰醨；重酿曰酎；一宿曰醴；美曰醑；未榨曰醅；红曰醍，绿曰醽，白曰醝。"——于酒，我也算是见过世面的人。

很少有酒让我手足无措。初听说花露烧，竟不知如何念它最为妥帖。花—露—烧，花露—烧，还是花—露烧？读来读去像在看一枚西天边的火烧云。"有空来喝花露烧"，未见王春鸣却得了一个真切的邀约，我越江而过时，想象着她的藏酒当如滔滔江水，我贪婪地一饮而尽。

在装满草木体香的屋子里，王春鸣做了丰盛的家宴。家宴有一种说不出的温馨意和安全感，像我这种酒徒没有丝毫世俗的顾忌，落座便是主人。早些时日读春鸣的文章，就知道她家里有两只陶制酒器，一曰夏花，一曰秋叶，那日我用的是秋叶，黄棕色。料想不到的是，一个写酒文字极好的女子居然滴酒不沾。我喝酒不喜欢微醺，薄醉，那酒温润甘甜，虽然耳闻花露烧后劲很足，起初斯文缓缓三口后就露了本性。那酒是怀胎八月的生命，在我体内窃窃私语，暗香浮动，痛饮了五碗，大醉。有些醉醒来后觉得不值，这花露烧让我醉得心甘情愿，这心甘情愿半年里发生了三次，这三次发生的地点只能是南通。南通才有花露烧，南通的花露烧不能带走离开南通喝，那会少了南通的味道。这与南通的"水明楼"不同，带回来喝还是一样的。味道有时候并不只是酒味，还有酿酒之人和一起饮酒之人的人情味。

醇黄略带琥珀光泽的花露烧是迷人的，琥珀光泽似乎是美酒的外貌特征。其实金樽和玉碗都是次要的，酒器只是锦上添些小花，看似富贵，实质还在于酒，我用秋叶也喝得那么酣畅淋漓、眼神迷离。李白四处游历，比我喝的好酒要多得多，没有美酒想必他要少写不少好诗。南通的花露烧也许晚酿了些年月，或者说民间的好东西未必传得遥远，要不这个称职的酒徒大概会为它长途跋涉留下三两诗句。不过，我早说过对李白的酒量有所怀疑，若能对饮一场，他未必及我，最多也就拼个皆醉。没能遇上李白不免心生遗憾，可我也相信，我的后代总会和他的后代碰上，豪饮一场，孰赢孰输只有天地知道了。

朱彝尊的《食宪鸿秘》说起南酒、北酒，提到过一种花露白，没喝过，也不知产自何处，想来与花露烧没什么关系。袁枚的茶酒单里也无花露烧，倒有"常州兰陵酒"。袁枚说，唐诗有"兰陵美酒郁金香，玉碗盛来琥珀光"，他过常州时，相国刘文定公饮以八年陈酒，果有琥珀之光。然味太浓厚，不复有清远之意矣。常州也一度称兰陵，但袁中郎搞错了，殊不知公元736年李白做客的是东鲁兰陵，"五月梅始黄，蚕凋桑柘空，鲁人重织作，机杼鸣帘栊……"，他熟悉那里百姓的生活。常州要是有此好酒，传承下来，我等也可向外有个邀约了。我的乡党黄仲则也好饮，却没见他提到过常州有什么好酒。"大道青楼望不遮，年时系马醉流霞。风前带是同心结，杯底人如解语花"，说的是某年春天在扬州的一次宴席上初见到那位心动女子。诗写得如此凄美，酒却借用了传说中的仙酒名"流霞"，流霞虽泛指美酒，却也没能说出个酒名来。可见扬州那地方没产什么好酒，连袁枚在酒单里也很不屑地提及一句："至不堪者，扬州之木瓜也，上口便俗。"

花露烧的做法和江南米酒的做法差不多，米经蒸熟掺入酒药后发酵至来浆，要做成陈酒就兑入水，而做花露烧兑入的却是白酒（在江南叫杜烧酒）。我之所以醉得如此厉害，是因为我把花露烧当江南的米酒喝了，实则喝下的是杜烧酒的性格。我以为花露烧加了白糖或蜂蜜的缘故，后来才知晓，那甘甜是糯米自身糖化天成。酒一旦带甜，喝酒的人是容易疏忽的。听南通人讲，乡下做的花露烧虽是绝好的东西，因缺少精美包装，在正式场合却拿不出手，所以每次待客，只有关系亲密和随意些的才推荐喝点。我能有幸喝到，看来王春鸣还是没把我当外人。

这个令我想起《鹤林玉露》所载"红友"来：苏东坡从被谪的南方回北方时，常与单秀才在常州宜兴县黄土村田间散步。当地主户带了酒来问候，谦称这个是红友酒。东坡说，这个人知道有红友酒，而不知道有黄封酒，可以说是一种快乐。于是罗大经就感慨："金貂紫绶，诚不如黄帽青蓑；朱毂绣鞍，诚不如芒鞋藤杖；醇醪养牛，诚不如白酒黄鸡；玉户金铺，诚不如松窗竹屋。无它，其天者全也。"我想，王春鸣给我喝几碗花露烧的感情，正如文中所意。

我是喜欢看女子喝酒的，总觉得女子醉七分为美，我也一直想看看"醉脸春融，斜照江天一抹红"的春鸣，却未能如愿。突然有一天，经历了身边亲人因饮酒发生的变故，春鸣黯然劝我少饮。我说我死了，就把骨灰装进装酒的青花瓷，春鸣让我不要胡说，接下来一句却是，我大概用蓝印花布包一下就行了。

越来越喜欢南通了，长江只是隔出了个地理标识，有蓝印花布和花露烧，南通就挺江南的。我这种人，大概头枕长江之南，足架长江之北，身下穿行的是装满酒的船家，这样睡着踏实，醒来随手一取即饮。我的梦里还遇见三四红颜，每人都有绝佳的酿酒手艺，每人为我酿一个醉人的江南词牌：竹叶青、梅兰春、白云边、花露烧……"枫叶落，荻花干，醉宿渔舟不觉寒"，与唐时的本家张志和同醉共勉。

蜂蜜·蔗浆

香甜的滋味，人们都是喜欢的。《天工开物》里说，世间产生香甜之物，十分之八来自甘蔗，但蜜蜂也竭力争衡，采集百花而酿成蜂蜜，使甘蔗不能独占全功。若不是因为宋应星的提醒，还真没思量过，这甜美之物竟然主要来自一种禾本科植物和一种膜翅目昆虫。大自然就是这么神奇。

更神奇的是，据宋应星观察，酿蜜的蜜蜂"普天皆有，唯蔗盛之乡则蜜蜂自然减少"。至于何故，可能就是宋应星所说甘蔗占了十分之八的香甜，剩下的十分之二，蜜蜂知趣地去他处好好酝酿了。

我把蜂蜜与甘蔗并列写，其实因为离不开酒。

酒是好东西。推杯换盏间，未去想过喝多了难受。

第二天头还晕晕的，一杯温开水加几勺蜂蜜，调匀，三五口灌下去，要不了半小时，明显舒缓了不少。

可一到晚上，会忘记了晨起时的不适，酒杯不知不觉地又满上了。

再到第二天，又是一杯蜂蜜水。日复一日，屡试不爽。

所以蜂蜜也是好东西。我谈不出它的营养来，大致是果糖和葡萄糖有一定的解酒作用，于是就把它当"续命水"。

可野生蜂蜜很难吃得到了。小塞缪尔·斯科维尔在《追寻野蜂蜜》中回忆他的家庭农场所在之地克里姆山："在一个星期天下午，我的祖父就在他的花园中发现了一棵蜜蜂树，第二天，他就从那棵树上收获了大约 23 公斤的蜂蜜。"我也想有一个花园，可以发现这样一棵树，采集下来的蜂蜜足够喝上一两年了。现在的蜂蜜大多是养蜂人后期加工的，里面掺了白糖，结晶的颗粒硬硬的。贯休看见的是"山童貌顽名乞乞，放火烧畲采崖蜜"，李贺则"自履藤鞋收石蜜，手牵苔絮长莼花"，崖蜜、石蜜都是野生蜂蜜，口感当是最为天然。喀麦隆的巴卡人去泥土之下挖蜂蜜，我真是第一次知道。说是地下的蜂蜜颜色深些，含的矿物盐多，营养价值更高，是当地人获取的主要能量之一。

后读林洪的《山家清供》，有种"沆瀣浆"也是解酒妙物：雪夜，张一斋饮客。酒酣，簿书何君时峰出沆瀣浆一瓢，与客分饮，不觉酒容为之洒然。客问其法，谓得于禁苑，止用甘蔗、萝菔，各切作方块，以水烂煮而已。甘蔗能化酒，萝菔能化食也。酒后得此，

蜜蜂·甘蔗

其益可知矣。《楚辞》有蔗浆，恐即此也。

以前读宋人钱易《南部新书》方晓得"沆瀣一气"的来由：唐朝有个主考官崔沆，放榜时录取了考生崔瀣，考试及第的人都算主考官的门生，有人就嘲笑他们"座主门生，沆瀣一气"。没想到这臭味相投的人勾结在一起的沆瀣之气还能解酒，突然对"沆瀣"两字有了点好感……事实上，沆瀣原本指夜间的水汽，成语有时就和你兜圈子玩。

先不说这"沆瀣浆"的做法了，人喝多后倒头就睡下，得到第二天醒来还觉着不舒服才冲杯蜂蜜水喝的，谁还有精力来找甘蔗、萝卜来切块煮水啊。但其中提到一个信息，和"蔗浆"差不多。

一看蔗浆，差不多就是甘蔗汁吧，我当然喝过。我从小爱啃甘蔗，掰甘蔗也好多次被叶子的芒划破手，我就吮完指头再啃甘蔗。《天工开物》里说甘蔗有两种，盛产于福建、广东一带，其他地方的甘蔗加起来也不到这两地的十分之一，这个比例是在他生活的明朝年间。他说一种"似竹而大者为果蔗"，切断后生吃，汁液可口，但不能制糖；另一种"似荻而小者为糖蔗"，口嚼则棘伤唇舌，人不敢生吃，白糖、红砂糖都是由糖蔗生产的。这种荻蔗造糖，有"凝冰、白霜、红砂"三品，糖的品种由蔗浆的老嫩来决定。有意思的是，荻蔗外皮到秋天逐渐变成深红色，冬至后由红色转褐色，最后成为白色。

我小的时候，乡间少有种甘蔗的人家，偶尔遇见一小片，几个小伙伴肯定会去干些普天下都能理解的小坏事。我记得那甘蔗是紫色的皮，皮上还有薄薄的类似霜一般的白色粉末，它大概归类于果蔗吧。儿时也不知道，家里陶罐里总是浅浅的紧缺的红糖会来自甘蔗的身体。那时候牙齿坚固，啃啊撕啊，满嘴甜津津的幸福。后来啃不动了，吃苹果、梨，再后来只能吃吃香蕉、草莓了。回想一下利索地撕咬甘蔗皮、嚼甘蔗汁的岁月，真有点不堪回首——我有好多年没啃过甘蔗了。

所以每每想念甘蔗的味道时，就买瓶现成的甘蔗汁尝尝。老实说，喝甘蔗汁时发觉远没有牙齿嚼出来的汁水鲜甜，于是更有了几分失落。我已经是一个失去了甘蔗的大孩子。

喝惯了蜂蜜水，还一直不知道甘蔗汁也可醒酒。

再说说林洪，他认为《楚辞》里的蔗浆恐怕就是沆瀣浆。《楚辞·招魂》有："腼鳖炮羔，有柘浆些……瑶浆蜜勺，实羽觞些。""柘"通"蔗"，这两句意为清炖甲鱼火烤羊羔，再蘸上新鲜的甘蔗糖浆，晶莹如玉的美酒掺和蜂蜜，斟满酒杯供人品尝。蔗浆与蜂蜜同时出现了，有趣的是似乎不是醒酒的，而是作为佳肴美酒的调味品。

我见好些诗词里写到蔗浆还常提到冰盘，难不成是当冰镇饮料喝、而不是醒酒的？刚榨好的蔗汁是淡黄色的浑浊液体，如果要保存好，要把蔗浆放进锅里熬，成品就是蔗饧。接下来就不说了，再说就是中国制糖史了。至于制糖我没有亲眼见过，李调元在《南越笔记》里有过一段记录，读来很有画面感，也长了不少关于糖的知识：

"榨时，上农一人一寮，中农五之，下农八之、十之。以荔支木为两辘，辘辘相比若磨然。长大各三四尺，辘中余一空隙，投蔗其中，驾以三牛之牯，辘旋转则蔗汁洋溢。辘在盘上，汁流槽中，然后煮炼成饴。其浊而黑者曰黑片糖，清而黄者曰黄片糖，一清者曰赤沙糖，双清者曰白沙糖，次清而近黑者曰粪尾。最白者以日曝之，细若粉雪，售于东西二洋，曰洋糖。次白者售于天下。其凝结成大块者，坚而莹，黄白相间，曰冰糖，亦曰糖霜。"

我嗅到了来自明朝的一块冰糖的香甜之味，在鼻尖旋绕，变成了三十年前腮帮里含住的稀罕物。

蔗糖用水调匀大概也能醒酒，下回我试试。

究竟是蜂蜜水与甘蔗汁哪个醒酒效果好呢？也不用去纠结了，现在早有了蜂蜜甘蔗汁的喝法，人家都已经混在一起喝了。

锅

乡下的土灶有三个眼。

每个眼里放一口铁锅，三张黑黢黢的嘴，三只木头锅盖。

从外向内，分别叫小锅、中锅，大锅。也叫外锅、中锅、里锅。

中锅是煮米饭和粥用的。外锅是"吃油"的锅，早上摊千层饼、煎萝卜丝饼、焖乌豇豆饼什么的，中午和晚上炒菜，那时外锅见过的东西也并不多。里锅不"吃油"，是分给"长油"的猪的，早晚烧猪食，猪一天吃两顿，它不用干活，两顿之间就剩下睡觉的事。

以前，别人家一年养两圈猪，我们家只养一圈。两头猪养上大半年，过年时卖掉一头收回捉小猪的本钱，宰掉的一头，等于是辛苦伺候了半年那头卖掉的赚来的。

在一年中，一头猪一生比我们吃得都多。

里锅煮完猪头、猪骨头后，年一过，要空上一段日子。

外锅忙活起来。炒猪肝、炒猪肚、炒猪腰、炒猪肠……新鲜的部位吃完后，就炒大蒜咸肉丝了。咸肉切成片，再放上佐料在米饭锅上蒸。奶奶蒸的咸肉，是至今我觉得最好吃的。

离开那种土灶二十多年了。

从爨字，我穿过几千年的隧道，看见了祖先双手拿甑，中间是灶口，下部用双手将木柴推进灶口的烟火气。

我用的灶头，一只铝锅用以煮粥。一只炒菜的铁锅用了近十年，这只锅见过鲫鱼、白鱼、鲈鱼、鳊鱼、黑鱼、鲢鱼、鳜鱼、黄鳝、昂刺鱼、泥鳅、甲鱼、带鱼、鲳鱼、白虾、籽虾、基围虾、罗氏虾、螺蛳、螃蟹、梭子蟹、蛏子、鸡、鸭、鹅、猪的多数部分与牛的少数部位、苋菜、莴苣、荠菜、青菜、菠菜、空心菜、萝卜、蘑菇、花生、茭白、水芹、茄子、丝瓜、鸡蛋、西红柿、山芋、大蒜、小葱、百合、生姜、青椒……记肯定是记不全了，大致这些，若一定要再补充点，有时做菜会放点枸杞、虫草、天麻等药材。

这只用了十年的锅，多少有了不中意的地方。于是买回一只新铁锅，还没来得及把旧的扔掉，我妈来了。她把新锅擦洗干净，存放在柜子里。

一只锅用了十年了，妈，换那只新锅吧。

还能用的。

一只锅用了十年了，妈，人一辈子能用几只锅？

妈不理我。她自顾自地做菜，三下两下，用那只我快要扔掉的锅，炒了好几道菜。

味道一如以前。

筷

　　一下子想不起来，儿子是几岁学会用筷子的。三四岁，四五岁，五六岁？我问妈，我大概几岁学会用筷子的，她也只能模糊着回答了。我每遇见那么用心地在拿捏着筷子练习夹菜的孩子，总能看见我曾经努力的样子，一双筷子也是对这个世界最初好奇的探究。

　　"终于学会用筷子了"这个中国式短句似乎是一个中国孩子生命历程中与"终于学会走路了"同等重要的事件。

　　当我们习以为常地用拇指、食指和中指三根指头轻轻拿住筷子，无名指的指甲垫在下面一根筷子下头时，才发现，身边居然还有不少人并不是这样握筷的，甚至还有反夹筷的，看起来别扭，让我学还一时学不来。

　　用好筷子，也是一个中国人的涵养。我有时做菜，孩子会趁我不注意，先用手捏一块塞进嘴里。若被我发现了，我会责备他几句的。当然，他能用手捏到的菜估计是不烫手了，热汤里的排骨他会试试吗？筷子是我们手指的延伸，要不，起码就没有火锅这回事了。我想，老祖先们也是对温度的忌惮，才有了制作筷子的小灵感。

家中常用的一般是木筷和竹筷，现在有的小孩用银筷了，小巧精致，说是还可以消毒。以前用银筷子的似乎是贵族，可以验毒，怕被人下砒霜谋害。我也用过银筷子，夹菜不如木筷、竹筷顺手。当然，还有人用象牙筷、犀牛角筷的。当年太师箕子看纣王用象箸进餐很是担忧，觉得配的餐具必是"犀玉之杯"，食物必是"旄、象、豹胎"，衣着必是"锦衣九重"……日渐奢靡，终至败亡。我想，给我用象牙筷、犀牛角筷去夹菜，心里会不舒适的。

另一种重要的饮食似乎也与筷关系甚大。汉代以前，面条实际是削的面片儿，用勺子吃。到《齐民要术》才载有："挼如箸大，一尺一断，盘中盛水浸，宜以手临铛上，挼令薄如韭叶，逐沸煮。"可以说滚烫的锅中捞面条慢慢促成了筷子的普及，而筷子又引领着面条往细长的路上跑。宋代时，面条品类越来越丰富。《梦粱录》中杭州的面食店一数就有好几十种盖了浇头的面。每个面食店各有厅院，东西廊庑，称呼座次。招呼食客的堂倌等客人坐好后，会捏着筷子一个一个问过去。杭州人多，但"百端呼索取覆，或热，或冷，或温，或绝冷，精浇爛烧，呼客随意索唤"，可见宋南渡以来，饮食相混，面条开始受到欢迎，面食店生意热闹。再到《金瓶梅》，明代人吃面愈发讲究了："书童儿用方盒拿上四个小菜儿，又是三碟儿蒜汁，一大碗猪肉卤，一张银汤匙，三双牙箸。摆放停当，三人坐下。然后拿上三碗面来，各人自取浇卤，倾上蒜醋。那应伯爵与谢希大，拿起箸来，只三扒两咽，就是一碗……"

从此面条更是与筷子形影不离。

这些年来，席间倒胃口者也是络绎不绝：一双粘着饭菜的筷子又去夹菜了、别人夹菜时一双筷子跨过去夹另一个菜了、一双筷子在一盘菜中翻过来倒腾去找出一块最满意的部位来……差不多吃饱了，以筷子在剔牙啦。说起来可以不拘小节，实则是没有教养。

《世说新语》中"忿狷"篇说的是脾气不好的人的故事：王蓝田性情急躁，有一次吃鸡蛋，用筷子去戳鸡蛋，没有戳进去，就大发脾气，拿起鸡蛋扔到了地上。鸡蛋在地上转个不停，他就下地用木屐齿去踩，又没有踩破。他气极了，再从地上捡起来放进口里，咬破就吐了……我读到时，暗自一乐，一个筷子没使好的大人，看起来像一个耍脾气的孩子，却有几分可爱。以至于右军将军王羲之听说了这事，大笑起来，说："假使安期（王蓝田父亲王承）有这性格，尚不可取，何况是蓝田呢！"

筷笼里的筷子除了吃饭，有时还会去绕换糖佬的麦芽糖吃，有时还会削制成儿时玩具"噼啪籽管"的推针。

想起多年前的一首诗《重塑》："我要追回多少黄昏/一些时光才能还原/那时母亲出嫁还早/祖母过门三年/陌生的老太太是我的曾祖母/她的黄狗看家护院/她的花猫捕鼠守仓/她敲着碗筷/将贪玩的孩子一一骂回。"我很少虚构人物，终于虚构了一个从没见过面的曾祖母。其实又哪来虚构呢？傍晚时分，村庄里的奶奶们是敲着碗筷喊回鸡鸭入圈、贪玩的孩子归家的。

油

三四月，油菜花开了。

六七月，大豆花开了。

庄稼人眼里，花开谈不上是风景，风景到处都是，哪里还有
风景。

他们爱的是那逐渐鼓起来的豆荚……连枷，筛子，收集好饱满
的颗粒。提上沉甸甸的袋子去油作坊换回食物与铁锅之间的温润一
吻……肌肉结练的汉子用"重达 100 公斤的铁锤，敲打木楔子，对
榨膛中的坯饼施加巨大的压力。依靠这种物理压，迫使油脂渗出，
反复榨打持续三个小时，在追求利益和效率的今天，这，也许是对
祖先智慧最好的继承"。

那些汉子的身影早已看不见了。

油依然从那些种子的体内滋滋冒着。

奶奶端住那只碗的姿势我是忘不了了。那只民国的碗积了厚厚

的油垢，奶奶说是太婆烧菜用过的了。奶奶用小调羹往锅里滴油的样子，我记得尤为清晰，我的个头刚冒过灶沿时就这样看着，那几滴油将铁锅抹得发亮，然后，摊饼，月亮饼、北瓜丝饼、茄丝饼……一张张烘好摆到了桌上。

儿时常用的是豆油、菜油与花生油，至于什么色拉油、橄榄油，那是从未听说的。我离开那间老屋二十多年了，做饭还是一直用妈从乡下油作坊打的豆油，其他油做菜总觉得颜色看不顺眼、味道也不习惯。去饭馆吃饭是另外一码事，因为几乎不用豆油，所以我很少夹菜，只期盼不用一种"地沟油"就行。

柴米油盐酱醋茶，油、盐、茶似乎是各自为政的。我到藏区的时候，喝到一种酥油茶，第一次喝茶喝到咸的，第一口很难喝，几口下去倒也觉得有其妙处了。后来问起，酥油茶是用奶脂肪佐以盐加上浓茶汁一起煮的。我喝着江南的绿茶、白茶时，偶尔也会想念那一碗酥油茶来。

动物脂肪炼出的油，常见的是牛油与猪油。牛油在火锅店用来做火锅底料。猪油我家里是常年备用的，做阳春面、小馄饨的汤料里不能缺一勺猪油。我小的时候放学回家，饥肠辘辘，盛一碗饭夹块猪油搅拌一下也能吃得很香。

左思看见五谷们饱满润泽，在《三都赋》写下"黍稷油油"，这个形容词用得出彩，看起来油的身世更有来处。宋应星说，食用的油以芝麻、萝卜子、黄豆、菘菜子为上品，苏麻、芸苔子次之，茶子次之，苋菜子次之，大麻仁为下品。我觉得菜籽油的气味过于浓郁，时常把食材的本味盖掉了。香油也就是芝麻油，更多的时候用来拌凉菜的，比如萝卜丝、皮蛋什么的。梁实秋写过一道《拌鸭掌》："鸭掌下面通常是以黄瓜木耳垫底，浇上三和油，再外加芥末一小碗备用。"这三和油听起来新鲜，不晓得是哪种做凉拌菜的妙物，一查，不过是由香油、酱油、醋调配而成的调味品，说可以使凉拌的食物吃起来咸、香、酸、鲜。我倒也想来试试了。

一日去友人处喝茶，他用一精致的小瓶时而滴几滴胳膊，揉几下，说是润肤的。时而滴几滴掌心往头发上抹几下，说是护发的，可以使头发变黑。他让我试试，我说用不着。问他，这是什么东西。他答牡丹籽油，价格不便宜。还真可能是橄榄油之后的新贵了。临行喝酒前，他又喝了口那油，我不解地看着他，他说可以养胃护肝。他又让我试试，我说用不着。

牡丹籽油，又长了见识。

一次，康肃公陈尧咨在自家的园囿里射箭，有个卖油的老翁放下挑着的担子，站在一旁，斜着眼看他，很久也不离开。老翁见到他射出的箭十支能中八九支，"但微颔之"。陈尧咨觉得老翁轻视他，老翁说只是熟能生巧罢了。老翁也表演了一技艺，"乃取一葫芦置于地，以钱覆其口，徐以杓酌油沥之，自钱孔入，而钱不湿"。

表演完，老翁说，我这也没什么，就是手法熟练而已。陈尧咨听后尴尬地打发他走了。以前读欧阳修的《卖油翁》，只是在课本里学道理，到我这个年龄，道理大多都懂了，只关心细微的事来。这个出生在北宋之前的老头卖的是豆油还是菜油呢？肯定不是花生油，花生原产美洲的巴西和秘鲁，明末清初才在中国沿海地区种植。

如果，还有个卖油翁打门前吆喝经过，我问是豆油吗？他点点头。我说来三斤。他挑担晃过的每一步，都弥漫着喷香的人间烟火的气息。

那么，奶奶离开人间时，脚尾摆的那盏豆油灯，棉芯闪烁，摇曳着我自童年来记下的点点滴滴。一灯如豆仿佛在句号般总结她清苦的一生。

·

盐

我到四十二岁这年，已经做了二十几年饭，才知道盐有保质期。

那日夜半肚子饿了，想吃蛋炒饭，于是煮了锅饭，打好鸡蛋，一看盐罐，没盐了，抽屉里翻来翻去找不到一袋盐。这是一件令人扫兴的事，因为这样的偶然才更能发觉盐的重要性。遂抱着侥幸的想法，去翻了几个几乎不打开的抽屉与柜子，竟然真有一袋剪过口子、没用掉多少的盐。这里怎么会藏有一袋盐呢？拿起来一看生产日期，心里盘算了下，大概是住到这边房子时，妈妈做第一顿饭"暖灶"，当时还没购置盐罐之类，妈妈做完几个菜就随手塞进头上方那个橱柜了。

我用这袋盐做蛋炒饭时，突然想起三年了，会不会过了保质期。仔细一看，果然，保质期三年，离过保质期也没几天了。犹豫着，还是撒了些许盐花，将就做了碗蛋炒饭吃。有盐总比没盐好，

盐

何况，在我的记忆里，盐是用来给其他食物保质的。咸鱼、咸肉、咸菜，一说到这些腌制品，我就特别嘴馋。腌笃鲜用的是咸肉、咸鹅，汤就十分咸香。

我写这一段，很想回应《天工开物》里那句："口之于味也，辛酸甘苦经年绝一无羡。独食盐禁戒旬日，则缚鸡胜匹，倦怠恹然。"

有年去茶卡盐湖，祁连山支脉完颜通布山和昆仑山支脉旺尕秀山常年积雪，雪山倒影在湖面，盐雪交融，真有"天空之镜"之妙。踩着盐道，背靠盐雕，说不出来的神奇。我想，在湖中央支个锅，算不算得上天造地设呢？当然，这样一尘不染的地方，用来当厨房做饭，是觉得不忍心的，我看与我之类的造访者，就是一群花花绿绿的垃圾。

明人朱诚泳有"庭空堆飞盐，院冷折大竹"句，不看诗题，也知道这飞盐说的是雪。清人朱彝尊在《食宪鸿秘》载有"飞盐"，说的是一种制盐方法："古人调鼎，必曰盐梅。知五味以盐为先。盐不鲜洁，纵极烹饪，无益也。用好盐入滚水泡化，澄去石灰、泥滓，入锅煮干，入馔不苦。"盐原本就应该是洁净的。此书"酱之属"还有"腌雪"，其法："腊雪拌盐贮缸，入夏取水一杓煮鲜肉，不用生水及盐、酱，肉味如暴腌，中边加透，色红可爱，数日不坏。用制他馔及合酱，俱妙。"自清以来，《食宪鸿秘》是江南古食谱中比较重要的一部，想来这个腌雪的法子可以一试，可惜的是，难以找到洁净的雪了，这一次盐雪交融不再像多年前那么美妙。张岱的《夜航船》有"伞子盐"，说的是一种井盐的形状：朐县盐井，有盐方寸中央隆起，如张伞，名曰"伞子盐"。

当年隋炀帝好读书，是个文学青年，作了一首押"泥"字韵的诗命文士赓和，众人都押不好这个韵，唯独薛道衡以"暗牖悬蛛网，空梁落燕泥"所和最佳。不料遭隋炀帝之忌，被诛时，炀帝带着几分嘲弄问薛道衡："你还能吟'空梁落燕泥'吗？"炀帝这个人也太任性了吧，虽然说薛道衡因诗被杀有点片面，按齐梁时的风气以及两人的性格，作为文人的炀帝除掉一个文敌也是轻而易举的。薛道衡和的那首诗叫《昔昔盐》。其实，《昔昔盐》这样的词名听起来有点奇怪。杨慎《词品》说："梁乐府《夜夜曲》，或名《昔昔盐》。'昔'即'夜'也。《列子》：'昔者梦为君。''盐'亦曲之别名。"《夜夜曲》似乎比《昔昔盐》这样的名字有来处些。《词品》还说："曲名有《乌盐角》，《江邻几杂志》云：'始教坊家人市盐，得一曲谱于角子中。翻之，遂以名焉。'"

好几次看到一种画面，心生纳闷，那些羊也太贪玩了吧。在陡峭得几乎是绝壁上攀爬、跳跃，随时都有坠落的可能。后来知道，这种羊叫岩羊，它们不是勇敢，也不傻，它们的身体需要舔食石头上含盐的矿物质。没有盐，嘴巴也会清淡得很。那么作为人，我是否可以说，若无柴米油盐酱醋茶，何谈棋琴书画诗酒花？

酱

我写的《酱》不是指下粥用的豆瓣酱，而是酱油。

《食宪鸿秘》有做《豆酱油》方法："黑豆煮烂，滤起，放席上窝七日，取出晒干。揣去皮，加盐，入豆汁，汁少添水，同入缸，日晒至红色。逐日将面上酱油撇起，撇至干，剩豆别用。"

这些步骤看起来不难，我觉得我都能做出酱油来，就甭提可以难得了心灵手巧的妈妈们。可我见妈妈做过豆瓣酱，从未做过酱油。《食宪鸿秘》还有《秘传酱油方》："好豆渣一斗，蒸极熟，好麸皮一斗，拌和，和成黄子。甘草一斤，煎浓汤约十五六斤，好盐两斤半，同入缸，晒熟。滤去渣，入瓮，愈久愈鲜，数年不坏。"这个秘传的做酱油方子看起来尽管复杂了些，我觉我还是能尝试做出来的，可终究不想花这么多工夫去做一瓮酱油，买瓶品质好的生抽或老抽太容易了。

小的时候，家里一瓶酱油可以用好长一段时间，以至夏天时，未及时盖好瓶盖子，苍蝇蛆卵掉入瓶中，虫卵孵化不到半天，酱油里长出白色的蛆虫来。张岱的《夜航船》处理酱内生蛆，以马草乌碎切入之，蛆即死。张岱处理的应该是豆瓣酱。奶奶则会把那些小虫子撇掉，酱油是舍不得扔掉的。现在想想一瓶酱油怎么可以用这么久呢？实在是可以红烧的食材太少了。猪肉不是三天两头可以上桌的，水乡的鱼新鲜，清蒸、炖汤都口感鲜美。"莼美不须添酱豉，蟹肥无复羡鱼虾"，蔬菜几乎不会去红烧，除了偶尔烧茄子或茭白时加点酱油改改口味。可能也只有我们那个地方的同龄人，还能有过这样的经历：一碗酱油汤，可以吃一大碗米饭。所谓的"酱油汤"，就是少许酱油加少许盐、味精，加入白开水搅匀。如果正好厨房罐子里还有猪油的话，夹一小块进去，则更香了。

写到这，我就想起当年灶边的那瓶"仙鹤"牌酱油来。巧的是，偶然看到了两年前常州的觅渡桥小学六年级的语文试题，有一则阅读理解。材料一：常州仙鹤酱油是已经有一百四十七年历史的老字号。仙鹤酱油采用传统酿造法而不是配制法。蒸熟、霉变、发酵，近二十道工序，需要一百八十五天。所以，工厂一年只能生产两批酱油。酱油呈淡褐色，清澈，做成的菜颜色鲜亮。材料二是仙鹤牌酱油与六月鲜酱油、海天酱油之间的价格、氨基酸态氮数据比较。题目有三个：一是问孩子们从材料中出现的几处数字读出了什么？二是问孩子们认为和其他品牌酱油相比，仙鹤牌酱油有竞争力吗？三是为仙鹤牌酱油写一句广告词。

我看了试题的参考答案，都是对仙鹤牌酱油的溢美之言。一个小学的试题怎么突然考到了消失多年的仙鹤牌酱油呢？我在想，最大的可能是，出这道题的老师也是人到中年，突然怀念起儿时的一碗酱油汤来，图标上的两只温暖的仙鹤栖息在他脑海里，嘴边哑出了一股美好的清贫之味。于是，我也忍不住抱运气去找一找仙鹤牌酱油，然而，在海天、千禾、六月鲜、李锦记……琳琅满目的酱油林里，没有找到两只仙鹤可以栖靠的那棵树来。

一个西方的美食家说，任何菜只要放了酱油，再炒一炒，尝起来都是中国菜的味道。也是，西方的菜是番茄酱的味道、鱼子酱的味道。

醋

主人先向客人敬酒叫"酬",客人又回敬主人叫"酢",这一来一去合称"酬酢",后来也写成"酬醋"。贾思勰的《齐民要术·作酢法》有"酢,今醋也",这个标题注应该是之后的版本新添而不是他自己所作。酱在宋朝才明确为酱油,宋朝以前,醋还不是生活必需品。宋代中叶以后,醋字才慢慢习惯作为"酱醋"的"醋"字。

与"酉"相关的字眼大多让我看着舒心,这个"醋"是例外。我不爱吃醋,所以此物少见于厨房。一桌人坐下来,有九个会在小碟里倒点醋,我则添点酱油,这一点我随了父母,特别是冷菜中有一道"盐水猪肝"。

以前我们那办喜事丧事,最后一个菜总是猪血汤,后来喜事不用了,丧事还保留,这个汤是我唯一需要加勺醋才喝的,特别开胃。村里已少有老人过世,偶尔回去,和一个人二三十年没有交集了，我也谈不上什么悲伤可言，也许就为了那一碗"酸血汤"的念想。

吃醋有很多典故，它的现代汉语释义是产生嫉妒情绪，多指男女关系方面。我十几岁就做得一手好菜，却极其讨厌洗衣服。离家上大学时没了办法，只能厚着脸皮求助于一个女生，她倒是洗得欢快。后来觉着老麻烦她过意不去，让另一个女生洗了几天，这个女生几天没理我。那时我不懂。金镶玉和邱莫言初次相遇在房间大打出手，金镶玉对邱莫言说："也有两分姿色。"两人你来我往，解衣穿衣，邱莫言占了上风，也夸了句金镶玉"你也有两分姿色"。"可是我看你要比你看我要通透啊。""那你也得让我看你看得通透一点嘛。"看上去高冷寡言的邱莫言却为周淮安和金镶玉"假洞房"而饮酒落泪。每看《新龙门客栈》的这一幕，我就想起那两个女生的可爱来。

我们吴语的吃醋，和吃饭吃茶一般喊。我见姑姑放下大外孙，去抱小外孙，大外孙就哭了，使劲去拉姑姑的衣角。姑姑放下小外孙，重新抱起大外孙，他就笑了。小外孙不干了，也去拉姑姑的衣角，姑姑只能一手抱一个。结果大外孙还在不断地推开小外孙。若这也算是一种吃醋的话，真是纯真美妙。

醋确实在宋代才大量出现在诗词中。华岳日子过得很清苦，写《邸食责庖者》："陋邸已无味，庖人更不材。盒炊全做粥，烧鲞半

醋

成灰。添醋酸绵齿，研椒辣木腮。何时耸堂斋，香雾霭樽罍。"这个被佘翘称赞为"论事似晁错，谙兵似孙武"的人，此时仅盼望能吃上一盘炒肉片，那个香才配得上酒香。宋代诗词中，写醋写得最多的却是姓"释"的一批人，释慧远、释师范、释绍昙、释普度、释印肃、释咸杰、释师体、释修演……且多为"咸盐酸醋""盐咸醋淡"之类佛门养生之句。还有个宋末元初的方回，写"屡尝三斗醋""一吸三斗醋"，似乎搞了个"三斗醋"的意象。"三斗醋"实指很难吃的东西，陈与义就很有个性，"宁饮三斗醋，有耳不听无味句"。

我提方回这个人，其实是想说唐人岑参的那首《北庭作》，"雁塞通盐泽，龙堆接醋沟"。方回说过了，盐泽尽人皆知，醋沟人所未知也。北魏郦道元在《水经注》中记载，"役水自阳丘亭东流，经山氏城北，又东北为酢沟"。我地理学得不好，也懒得摊开一张地图好好推敲考据，不知龙堆接不接得上这"酢沟"。我的直觉是，若能一睹早年刻本，岑参的原句会不会是"雁塞通盐泽，龙堆接酢沟"呢？我这人对很多东西好奇，而答案往往难以获得，实则很无聊。

盐咸醋淡。盐泽醋沟。味道也好，地名也罢，这俩在一起似乎特别工整。我来说点不是太遥远的事吧。十五年前，中国南方出现一种怪病，医院的死亡率很高。坊间流传煲醋和喝板蓝根可以预防这种怪病，于是市面上出现抢购米醋和板蓝根的风潮。有些人买不到米醋和板蓝根，转而向香港的亲友求助，这才使病情得以为外间知悉。我老家的一个"二流子"，其时正好在南方"创业"，恰逢大好机会，于是让家人大量收购米醋，一卡车一卡车的米醋从中国东部运往南方。平时几块钱一瓶的醋在那卖到了两三百块钱一瓶。此人"创业"成功，荣归故里，说话嗓门极大，走路近乎横行。七年前，日本发生里氏九级地震，导致福岛核电站爆炸，核辐射开始向外蔓延。人们担心日本核泄漏污染海水，中国多地爆发食盐恐慌性抢购，许多地方盐价暴涨十五倍，食盐依然脱销。此人又逢大好时机，大量囤积食盐，准备大赚一笔。后来谣言一破，醋可以几个月不吃，盐不比醋啊，国家怎么可能放任哄抬盐价呢？如意算盘砸碎后，好几年没碰上天灾人祸，此人便开始游说乡亲们可怜的土地，用的是"移花接木""瞒天过海"，我觉着这种人最后等来的是"走为上"。

起初，醋是做坏了的酒。后来贾思勰在《齐民要术·作酢法》中归纳了数十种酿醋的方法。有"小麦苦酒""大豆苦酒""乌梅苦酒""蜜苦酒"，甚至还有"外国苦酒法"："蜜一升，水三合，封着器中；与少胡菱子著中，以辟得不生虫。正月旦作，九月九日熟。以一铜匕，水添之，可三十人食。"很多人以为一杯苦酒喝的是闷酒。

一九一八年正月十五，李叔同皈依佛门，剃度后给日本妻子诚子写信："请吞下这杯苦酒，然后撑着去过日子吧，我想你的体内住着的不是一个庸俗、怯懦的灵魂。愿佛力加被，能助你度过这段难挨的日子。"诚子伤心欲绝，但抱有最后的一线希望。"叔同——""请叫我弘一。""弘一法师，请告诉我什么是爱?""爱，就是慈悲。"一九四二年九月初四，弘一大师安详圆寂于"晚晴室"，九月初一书最后绝笔"悲欣交集"，悲怆而恬然，我看着这四个字，就是"油盐酱醋"的样子。

鱼

　　我对汉字的审美，大概符合唐时对美人的审美标准：丰腴。一旦减肥了，就感觉上吐下泻吃错西药般病恹恹的。我喜欢看繁体字，像极了一张内容丰富的田野的脸，有亲近感，也会觉得自己更有来处些。汉字的唯一性有其神秘而不可昭揭的地方。其他不说，我用草书填籍贯江苏的"苏"字，就有草草办事的感觉。繁体的"蘇"，写起来眼前就浮现出青草繁茂的乡野，水里的鱼和稻田里的禾相邻，密密麻麻的景象似乎才配得上"鱼米之乡"这个称号。

　　在江南水乡生于斯长于斯，对鱼的感情是不含糊的。鱼水情鱼水情，水滋养鱼也滋养人，人爱鱼也像水爱鱼一样，区别在于前者是对生的宰割，后者则是对生的承载。当然，也有人说鱼和水的感情最深，最后还是水煮了鱼，这话有道理也可说毫无道理，没有人类之前鱼与水之间不存在太复杂的关系。一个"鲜"字由鱼和羊这两位低一级食物链的代表来概括是有它的道理的，常州有著名的

"全羊宴"，但我这人不吃羊，于是把对"鲜"的全部认识寄托在其一半的鱼身上了……即便是冬天，把小鳊鲏、小白鲦与腌咸菜放一起做碗菜，早晨就着鱼冻下粥，也堪称一道美味。

至今关于鱼的故事，着实令我感动与沉思的一次来自我的孩子，那年他两岁多一点。我给他做了一碗鱼汤，取的鱼料是寻常鲫鱼。他还不会使用筷子，我在鱼腹处夹了一块肉纳入他嘴中，他吃起来的样子似乎我的手艺还不错。只是那么一个片刻，他突然拎起露出碗边的鱼尾巴，他已经有力量把它拎出来看了一下，随后号啕大哭。我真是急坏了，我能确定没有鱼刺卡住他的喉咙、温度也非常地适中，于是一个劲地问他，告诉爸爸，怎么啦？泪腺丰沛的他足足流完半调羹泪水后说出了三个字，满含诗意却又令人百感交集，我甚至有点手足无措忘了如何安慰。他说——鱼破了。

一瞬间，吃鱼的时令表又在脑中歌谣般响起："正月菜花鲈、二月刀鱼、三月鳜鱼、四月鲥鱼、五月白鱼、六月鳊鱼、七月鳗鱼、八月鲃鱼、九月鲫鱼、十月草鱼、十一月鲢鱼、十二月青鱼。"而我，时而为河、为湖、为江，它们甩着水花，向我慢慢聚拢过来……我就来写写这张苏南人吃鱼的时间表吧。

菜花鲈

里下河离我出生的地方并不远，一江之隔。我见有人列过那边的一份四时鱼鲜的食单：一月的"糊涂呆子"（塘鳢）、二月的季花鱼、三月的甲鱼、四月的螺蛳、五月的白鱼、六月的鳊鱼、七月的昂刺鱼、八月的杂鱼、九月的鲫鱼、十月的螃蟹、冬月的鲢鱼和腊月的青鱼。

这个单子有点"糊涂"，螺蛳与螃蟹不是鱼，八月的杂鱼则包括了许多鱼。

菜花鲈与鲈鱼没有关系，和里下河的"糊涂呆子"是同一种鱼，指塘鳢鱼。鱼不大，胖嘟嘟的，看起来却有点凶，体形粗壮，前部浑圆，头大稍扁平，有地方喊虎头鲨，像袖珍版的黑鱼。我们这喊它"刺鲅"或"痴咕头"。这种鱼属于底层鱼，常伏于水底，所以往往稠螺蛳时也能稠到。

刺鲅与鳑鲏儿时常见，奇怪的是，小鳑鲏鱼常常将其掐去头、捏去内脏，油炸一下撒些盐花，成了一盘很美的下酒菜。刺鲅似乎从来不吃。袁子才在《随园食单》中曾载"杭州以土步鱼为上品。而金陵人贱之，目为虎头蛇，可发一笑"，说的也是这种刺鲅，可见杭州人以为的上品鱼，在南京人眼里就不起眼了。

这两种小鱼对水质的要求很高，于是慢慢少见了，刺鳑也渐渐珍贵起来。虽说不是很贵重，数量远远不比以前。袁子才说这种鱼"肉最松嫩。煎之、煮之、蒸之俱可。加腌芥作汤，作羹，尤鲜"。有一年我给小镇嘉泽写本书，常去一个叫"庆兰楼"的小酒馆吃饭，那个店里能吃到油炸的椒盐鳑鲏，刺鳑则是清蒸或红烧，但最常见的是炖蛋时放几条下去，蛋更鲜，鱼肉更嫩。

国宴中有过一道"荠菜塘鳢鱼"：以塘鳢鱼片、荠菜茸为原料，采用春末夏初上海特有的野生塘鳢鱼与地方野菜做成。每条塘鳢鱼都不超过二两，将小鱼去骨去皮，只取其中的两片（据说用去七百五十条塘鳢鱼），切成鱼片上浆滑熟，然后放入剁碎的野生荠菜茸，勾的芡刚好让鱼片漂浮在碧绿的菜茸上面。

这道菜我只能遥想一下，咽几下口水了。可与此相媲美的是一道"荤豆瓣"，即塘鳢鱼双颊上半月芽形的腮帮肉两粒。需将鱼头蒸至半熟，用竹签将腮帮子拨开，挑出完完整整的一粒半月芽形"豆瓣"肉。一小碗"荤豆瓣"其用量，据宋代《玉食批》记载的"土步辣羹"：耗鱼一百零八尾，得"豆"二百一十六粒。

太湖快禁捕了，一禁捕就是十年。这十年怕是刺鳑更为少见。不过，经过十年的孕育，太湖的肚子会越来越滚圆。

刀　鱼

鸟有一种飞翔叫迁徙，鱼有一种游泳叫洄游。这些都是生存繁衍里艰难又美好的旅程。淮扬菜有"醉蟹不看灯，风鸡不过灯，刀不过清明，鲥不过端午"之说，指吃醉蟹和风鸡最好是在农历十二月，吃刀鱼最好在清明前，清明后刀鱼刺硬味差；吃鲥鱼最好在端午节前，端午节以后，鲥鱼就会洄游大海。

小时候清明前的刀鱼很贵，常常是清明过后买刀鱼吃。鱼肉虽还算鲜嫩，但鱼刺硬了，吃起来很麻烦。所以乡党赵瓯北一直有个美好的心愿，他写《鲥鲀》："河鲀有毒鲥鱼刺，至美中偏不美存。夜梦忽然来报喜，鲥鱼骨变作河鲀。"

我最后一次吃到野生刀鱼，大概是十年前了。我的散文集《庭院》要搞个首发式，责任编辑鲍伯霞阿姨从天津过来，我一个老同学在长江边请我们吃刀鱼。四个人四条刀鱼，都是二两不到的，鱼肉与鱼骨分开来两吃，鱼肉清蒸，鱼骨油炸。一个入口一抿即化，一个细嚼松脆，那个鱼吃起来真是享受。

这就是真正的江刀。

在东营我吃过所谓的"河刀"，即黄河刀鱼。做法似是煎过后糟卤，切块做凉菜，口感像酥带鱼。黄河刀鱼也叫梅鲚。

太湖刀鱼我常喊"湖刀"，实际上当地渔民都喊梅鲚鱼。黄河刀鱼与太湖刀鱼品质差不多，一个做成酥鱼，一个是清蒸。

黄河刀鱼、长江刀鱼、太湖刀鱼，都叫刀鲚。但江刀是清明前最好吃的。所谓的刀鱼馄饨，我想是不会舍得用清明前的刀鱼做料，应是河刀、湖刀之类，去刺洗净，做鱼丸子或馄饨馅。

秋刀鱼与刀鱼没什么关系。秋刀鱼适合油煎或烧烤，口感虽粗糙，却也深得人们喜爱，让我想起小时候的青占鱼的味道。我搞不清楚那时水乡的鱼类极其丰富，但老是迷恋红烧青占鱼的粗糙，吃起来还十分下饭。

刀鱼要春天吃，春天有燕笋，没有几片嫩绿又透点儿黄的燕笋，怕是要失色几分。

鳜　鱼

里下河二月食单上的季花鱼，我们是排到了三月吃。季花鱼就是鳜鱼，"鳜"我们常写成"桂"。乡下一直喊"鲈婆子"，一般的河塘并不多见，偶尔也会钓到。背鳍一竖，一排棘在抖动，再看那尖锐的牙齿一张一合，红着眼充满敌意，我是怕它的。

海中梭、江中鲥、河中鳜，鳜鱼当然是很好吃的。那种"松鼠鳜鱼"我尝过两口后，再也不碰一筷子。鱼一糖醋就不好吃了，再

鳜鱼

说把鳜鱼做成松鼠状，番茄汁一淋，看了就不习惯。

也有将鳜鱼去骨切薄片，放打边炉烫了吃，或者与羊肉片煮一锅鱼羊鲜，新鲜的鳜鱼当火锅一样吃总觉着不是那么回事。

我喜欢吃金花菜蒸鳜鱼，清清爽爽的颜色，整条鱼睡得那么香，汤汁煮到奶白色，味道极其鲜美，且刺少肉多。

徽菜有道"臭鳜鱼"，多年前吃到后，倒是令我念念不忘。闻起来臭，吃起来觉得其很香很嫩。幸好，我们这个地方也有很多徽菜馆，时常可以去吃。"味庐"餐馆做的臭鳜鱼，形态完整，散发出纯正、醇实的腌鲜香味，肉质细腻，微辣又富有弹性。

张志和的诗不多，那句"西塞山前白鹭飞，桃花流水鳜鱼肥"却是写得非常唯美的。我不晓得这位本家是看风景呢，还是想吃鳜鱼，可能白鹭也想吃吃。一盘清蒸鳜鱼，一盘红烧白鹭，只是唐代的酱油品质估计还不是很好。

鲥　鱼

张爱玲有三恨："一恨鲥鱼多刺，二恨海棠无香，三恨红楼梦未完"，她将鲥鱼多刺列为人生第一恨。至于她对鲥鱼有多爱，各自去体会吧。鲥鱼出水就死，有段相声中说到一天色变、二天香变、三天味变，其实一天就色香味都变了。当年鲥鱼是贡品，没有飞机与高铁，两千里路三日内送到，怎么办？张能鳞《代请停供鲥鱼疏》中描写了运送鲥鱼的情况：

"鲥产于江南之扬子江，达于京师，二千五百余里。进贡之员，每三十里立一塘，竖立旗杆，日则悬旌，夜则悬灯，通计备马三千余匹，夫数千人……故一闻进贡鲥鱼，凡此二三千里地当孔道之官民，实有昼夜恐惧不宁者。"那年月，帝王们干了好多"红尘一骑妃子笑"的大事。

至于鲥鱼的吃法。先读到清人顾仲的《养小录》，有"蒸鲥鱼"：鲥鱼去肠不去鳞，用布抹血水净。花椒、砂仁、酱擂碎（加白糖、猪油同擂，妙），加水、酒、葱和味，装锡罐内蒸熟。

后来读到清人朱彝尊的《食宪鸿秘》，也有"蒸鲥鱼"，几乎一字不差：鲥鱼去肠不去鳞，用布抹血水净。花椒、砂仁、酱擂碎（加白糖、猪油同擂，妙）。水酒、葱和，锡镟蒸熟。

顾仲是医生，饮食注重养生，从两人年龄来看，若是抄食单，显然是顾仲抄了朱彝尊的。朱彝尊除了蒸鲥鱼，还有糟鲥鱼（内外洗净，切大块。每鱼一斤，用盐半斤，以大石压极实。以白酒洗淡，以老酒糟略糟四五日，不可见水。去旧糟，用上好酒糟，拌匀入坛。每坛面加麻油二盅、火酒一盅，泥封固。候二三月用）、淡煎鲥鱼（切段，用些许盐花、猪油煎。将熟，入酒浆，煮干为度。不必去鳞。糟油蘸，佳）。

再说袁子才，他吃鲥鱼是用蜜酒蒸食，如同烹制刀鱼之法就很好；有的直接用油煎，加清酱、酒酿也不错。千万不能把鱼切成碎块，加鸡汤煮；有的人剔掉鱼背骨，只取鱼腹，那么鲥鱼之真味就全没了。

明人陆容在《菽园杂记》中称："时鱼为吴人所珍，而江西人以为瘟鱼，不食。"夏曾传在《随园食单补证》中搜集了很多资料，其中有《升庵外集》："江而西谓之瘟鱼，弃而不食。"这个有点像杭州人眼里那么好的刺鱼遇到了南京人。夏曾传还提到，鲥鱼清腴之品，用甜味殊为扫兴，油煎之法尤难，闻吴中有能为烧烤者，先大夫曾遇之。

我倒觉得烤鲥鱼味道应该不错。无论何种做法，似乎鲥鱼不去鳞是常识了，鲥鱼之味美在于皮鳞之交。

许多年前，苏东坡大饱了江南水中珍品鲥鱼的口福后感叹："芽姜紫醋炙鲥鱼，雪碗擎来二尺余。南有桃花春气在，此中风味胜莼鲈。"读这诗就挺馋的。许多年后，若想品尝野生刀鱼、鲥鱼、河豚此长江三鲜已经近乎奢望，诸如鳞白如银的外形和骨软如绵的内质皆变成了一代人的美好记忆。

鲥鱼每年四五月份进入长江产卵，到九十月份再回到海中，年年准时无误，故称鲥鱼。虽说二十年来，我每年都能吃上鲥鱼，却不是苏东坡吃过的鲥鱼了，也不是袁子才、朱彝尊吃过的鲥鱼了。

至于原因，无非是泛滥捕捉以装胃这只无底的口袋所致，即便濒危禁捕，仍有渔民经不住高额利润的诱惑甘做食客的帮凶。加上一些枢纽工程的兴建，阻断了鲥鱼的产卵洄游路线。于是成了如今现状：我国从二〇〇二年起，从美国引进了鲥鱼，当时引进的是鱼卵，一粒鱼卵卖到一万元人民币，再加上其他成本，"到岸价"高达两万元人民币。

白　鱼

　　苏南人吃鱼，可以精致到令北方人目瞪口呆的地步。类似"黑鱼背脊鲢鱼头，白鱼肚皮青鱼尾"的口舌经验，要吃掉多少鱼才慢慢积攒了下来啊。

　　白鱼嘴微微上翘，看起来昂着头，我们常喊它翘嘴鲦。清蒸、红烧、腌渍、香煎都可以，最朴素的做法是：稍盐腌，少许葱姜、一点点酱油清蒸即可。

　　虽然刀鱼、鲥鱼、河豚与长江渐失亲缘，孕育吴越的太湖依然恩赐着滨水而居的子民另三鲜：白鱼，白虾，银鱼。银光闪烁的白鱼细骨细鳞，肉质细嫩，鳞下脂肪多，酷似鲥鱼，是太湖名贵鱼类；无鳞、无刺的银鱼更无腥味，营养丰富，二寸余长，圆润透明，像极了一根根悦目的洁白玉簪，亦为太湖名贵特产；白虾通体透明，也称水晶虾，壳薄、肉嫩、鲜美无比，若作本地传统名菜"醉虾"，上桌时还鲜活蹦跳，鲜嫩异常，此虾即便晒干后去皮，也还是名贵的"湖开"。

"太湖三白"与"长江三鲜"都属性娇之物，大都离水即死，因此虽然这座城市里以"鱼舫""渔庄""渔村"为缀名的饭馆一个挨着一个，你还是得往江、湖边的小渔村就近享用才能得其"鲜"的真谛。正因为其鲜，也就无须多放佐料、多琢磨制作方法，清蒸白灼略撒几粒葱花即可。

我吃过最大的白鱼近一米长。那天，我还伸出胳膊比画了一下。

鳊　鱼

我的朋友叶梓写了本好看的书，关于美食的，叫《陇味儿》，题条中提到鱼的只有一篇《黄河鲤鱼》。他写黄河鲤鱼写得细致又投入，感情油汪汪的。黄河鲤鱼我在写《鲤鱼》时也提到过，因为我的家乡没有吃鲤鱼的风俗，所以在黄河入海口，那盆黄河鲤鱼我并不清楚其味道。当年京师洛阳有"洛鲤伊鲂，贵于牛羊"之说，把洛河的鲤鱼和伊河的鲂鱼比作美味佳肴，这一说我实在搞不明白，洛阳人对鱼太缺少想象了。

鲤鱼已写过，在鳊鱼面前就不多谈了，鲂鱼即鳊鱼。鳊鱼与鲫鱼是苏南极为寻常的两种鱼，很久以前，鳊鱼尚能勉强上得了饭桌，近些年已款待不了客人。偶尔在饭馆也能吃到鳊鱼，因其身份为"千岛湖野生大鳊鱼"，一条三四斤重，一盘红烧鳊鱼居然也能卖到一两百元。

但不能否认，那鱼口感确实可以，这么好吃的鳊鱼为什么就不再常吃或宴请客人了呢？我想啊想，实在是水乡的鱼太多了，人呢，越来越要面子，鳊鱼是谁都吃得起的鱼。河豚、刀鱼太贵的话，至少也要请吃鳜鱼、鲈鱼了。

倒是鳊鱼，吃的人少，经过春天的休养，到了六月夏天，已异常肥美。真的没必要去寻"千岛湖野生大鳊鱼"，我一个朋友，在野河里钓到了一条鳊鱼，五斤多重，喊了四个人去吃鱼。实在太好吃了。

我看鳊鱼，那么平整，躺在平原上，如同垫起我们长高的保姆。

鳗　鱼

鳗鱼长得不好看，却有一个很好听的名字：鳗鲡。

我小的时候不吃鳗鱼、黄鳝，因为它们长得像蛇，蛇是令我害怕的东西。

实际上仔细看看鳗鱼，也蛮好看的，很清秀。尾部侧扁，很是柔和。它的嘴巴，还有点吻的感觉。

后来，我吃鳗鱼、吃黄鳝，连蛇也吃了。

鳗鱼红焖比较入味。清蒸的，刀功要好，切成薄段，肉质细腻，摆在盘里做孔雀开屏状。我家附近有家"有缘私房菜"，做得特别好吃。那家的鳗鱼取的是河鳗。

我曾在菜市一个鱼铺买鳗鱼，两水盆的鳗鱼长得没什么不同，一种只要三十元一斤，一种却要一百元一斤。贵的那种说是湖里捕来的，我买了回去，却没能做好，很是遗憾。

日本人喜欢吃鳗鱼，吃的应该是海鳗。我没去过日本，只是在一些日式料理店吃过烤鳗鱼，嗞嗞作响，皮焦肉嫩，入口窜香。我想的话，我吃到的烤鳗鱼不会是海鳗，应该是河鳗，还是养殖的那种。日本人吃鳗鱼很讲究，还有鳗肝汤，炸鳗骨。

鳗鱼也有地方叫鳝鱼，因为青背白肚皮，被叫作白鳝。有的地方，黄鳝很受食客青睐，白鳝却被回避了。民间有这样的说法，白鳝吃动物腐肉。实则鳗鱼也是杂食性动物，黄鳝、鲶鱼不也都吃腐肉吗？清人叶调元有《杂记》："鱼虾日日出江新，鳊鳜鮰斑味绝伦。独有鳗鲡人不吃，佳肴让与下江人。"

楚人有意思，我就不客气了，做做那个"下江人"吧。

鲃　鱼

吃"河豚"已是三天两头的家常便饭了。坐下来一人一条，汤汁浓郁，一撮金花菜当被子一铺。有的人吃起来津津有味，实际上大家心知肚明，吃的是小巴鱼，即鲃鱼。

有的饭店几十元一位的自助餐，也可以吃到这种鱼。背青有斑纹，腹有白刺，看起来与河豚差不多，比它小些。

哪来那么多的长江河豚呢。

它其实是未成熟的暗纹东方豚，本身毒性小，经过淡水养殖后食用风险更小了。事实上，野生河豚幼年时也是无毒的，随着性成熟，性腺中才开始分泌毒素。

袁子才在《随园食单》里有"班鱼"："班鱼最嫩，剥皮去秽，分肝肉二种，以鸡汤煨之，下酒三分、水二分、秋油一分，起锅时加姜汁一大碗，葱数茎，杀去腥气。"看起来像是做的河豚，实则就是鲃鱼。

班鱼与斑鱼有关系吗？明人李时珍说，"河豚有二种，其色炎黑有点者答班鱼，毒最甚。或云三月后则为斑鱼，不可食。"这话看起来像在说，鲃鱼很毒，再生长三个月后就不能再去吃了。几百年前能观察到这点，也不容易了。但是同时的陈继儒似乎更为严谨，他在《致富奇书》养鱼类说："河豚鱼，出于江海，烹调者须去其腹之子、目之精、脊之血，其毒在肝，洗宜洁净，煮宜极熟。其白名曰西施乳，列八珍内……又有一种斑鱼，状似河豚而小，实非同类，食之无害。"

苏州人吃太湖鲃鱼吃得那么欢畅，可能厨师们读书读得多。

不知为什么，鲃鱼的样子看起来不像是生活在太湖里。

我做过很多鱼，只是好吃与不好吃的差异，这鲃鱼却从来没做过。

鲫　鱼

鲫鱼是我一辈子吃得最多的鱼了。

小时候在池塘边钓鱼，一会儿工夫就可以钓上好几条鲫鱼，因为那时池塘里数鲫鱼最多。我钓鱼，会估摸下鱼的大小，够烧一盘就不钓了。然后，在石板码头上麻利地剖鱼，而且几乎不会弄破鱼胆。自家池塘，离灶间也就十几二十步，我从钓鱼到烧好一盘鱼，可能也就花不了一个小时。大人们农作归来，就能吃上鱼了。

这么新鲜，这么从容，想想都美好。当我读到康·帕乌斯托夫斯基在湖边垂钓，"水边盛开着黄菖蒲花。再往前去，就是浑浊而又深邃的湖水了，从湖底一刻不停地冒起水泡——想必是鲫鱼在淤泥里寻找食物"。我就想起了小时候的我。

后来，我不杀鱼了，是不敢杀。有年在北京一个朋友家中，我特别想做饭，让他去菜市买了两条鲫鱼回来。我说你杀下，他说他不杀生，幸好他媳妇会杀鱼。我都二十多年没钓过鱼了。只是烧鱼、吃鱼没有停过。

"买条鲫鱼氽氽汤"——吃饭的口头禅中，鲫鱼也出现得如此日常。红烧、笃汤，无外乎这两种简单的做法。鲫鱼虽是十分普通的鱼类，佐料也就料酒、葱姜等老几样，只要掌握好火候，肉质非常细嫩，我看比它更好吃的鱼也不多。

鲫鱼古时有个名字叫鲋。"庄周活鲋"就以鲫鱼说了一个远水救不了近火的故事。庄子去向监河侯借粮，监河侯推托到年终可以借给他，庄子脸一沉生气了："我昨天来的时候听见有人喊我，回头一看，车辙里有一条鲫鱼。鲫鱼请求我用一斗水救救它，我说好的，我会去南方游说吴越两国的君王，请他们引发西江之水来迎接你，可以吗？鲫鱼生气了，说我只要一斗或一升水就能活命，你竟这么说，倒不如早点到干鱼市场找我吧。"

庄子写得天马行空。我遇上那条鲫鱼，就拿回去氽碗新鲜的汤喝喝了，鲫鱼干没吃过，想想也是不好吃的。

草　鱼

常州有好吃的"红汤爆鱼面"。

爆鱼是一种盖浇。北方人很多不知道，吃了却直夸。

历代食客的食单都不见爆鱼的做法，连袁子才的也没有。最早记载的是《清稗类钞》："爆鱼者，青鱼或鲤鱼切块洗净，以好酱油及酒浸半日，置沸油中炙之，以皮黄肉松为度，过迟则老且焦，过速则不透味。起锅，略撒椒末、甘草屑于上，置碗中使冷，则鱼燥而味佳。亦有以旁皮鱼为之者，则整而非碎，松脆香鲜，骨肉混合，亦甚美。"

可见爆鱼的吃法也就百年左右。

常州制作爆鱼不用鲤鱼，用草鱼或青鱼，草鱼则比青鱼更嫩。鱼块腌制、沥干后，油炸焦脆。如果喜欢口感脆些，就在熬好的卤汁里浸一下即可，喜欢口感浓郁的，则浸泡时间长些。汲满了酱汁的爆鱼，皮脆肉鲜。

草鱼味道平淡无奇，好像只有"爆鱼"的做法使得其有了非比寻常的灵魂。

西湖醋鱼也叫宋嫂鱼，用的也是草鱼，女厨师留名下来的不多。当年高宗赵构尝其鱼羹，夸赞了几句，有人就跟风说"何必归寻张翰鲈"，说得草鱼比鲈鱼还嫩了。有意思的是，杭州做醋鱼的很多饭店用鲈鱼替代了草鱼。梁实秋记载过该菜的烹饪方法：选用西湖草鱼，鱼长不过尺，重不逾半斤，宰割收拾过后沃以沸汤，熟即起锅，勾芡调汁，浇在鱼上，即可上桌。

草鱼属于个头很大的鱼，如此选法，选的像是鱼苗了。

这些年去了不少地方，对各地风靡的泉水鱼、酸菜鱼之类几乎不屑一顾，看那菜的品相已经破坏了我的食欲。我估计这些菜的出处大多来自不产淡水鱼和少产淡水鱼的地方，由于运输的问题鱼无法保鲜，就想办法用辅料、佐料来提味，我觉得这些地方的人们从一开始就缺少了对鱼之鲜的基本认识。在我家乡，鲫鱼与鳊鱼、草鱼、鲢鱼之类均属于最普通的家常菜。

以前，我生活的地方没有酸菜鱼的做法，现在是酸菜鱼馆遍地都是。于是草鱼除了做"爆鱼"外，还有一个好的归宿，切片做酸菜鱼。酸菜鱼一般用草鱼或黑鱼鱼片，但草鱼比黑鱼嫩，就像做爆鱼时，草鱼比青鱼嫩。

切鱼片也有很多的讲究。先人说的"食不厌细，脍不厌精"或"脍炙人口"说的就是鱼片切细切薄的刀艺。妙莉叶·芭贝里在《终极美味》里提到一位叫津野的日本料理主厨，手指一摸就可以感觉得出鱼肉的脉络，有本事把一条大鲑鱼精选出看起来微不足道的一小块肉，对他来说，食材的意义重点不是量而是完美。但一条草鱼似乎无法激起津野做生食的巅峰之作。我在一家鱼馆吃到过"三秒鱼"，那鱼片被切得晶莹、近乎透明，夹起来往沸汤中涮三下，真是入口即化。可见，那个没露脸的后厨，刀功也令人咋舌。

鲢　鱼

在菜场买了一条五斤多重的灰鲢，让鱼贩杀好，去鱼鳞、去内脏，并从鱼头开始在鱼的三分之一处切割成两半。鱼头炖豆腐是冬天的一道家常佳肴。我在厨房清洗鱼头的时候，它的腮帮还在动着，这已经不令我感到奇怪。

在水乡，鲢鱼去头后的身子实在算不上什么稀罕东西，一般把它爆盐几天再吃。

我用盐抹鱼身体的时候，关键是这一截已经去掉头有半个小时的身子，已经被我洗清血水并被我再次分为三截——这样的一截身体还在跳动（不是抖动）——三截身体的跳动竟然同一个节奏——不仅指快慢、方式，它们似乎还被一颗心脏、一个大脑指挥着，没有分开。既然它们还有动静，我就当一条鱼此刻还有活着的部分。

天目湖鱼头早已闻名遐迩，品尝过的食客更会挂在嘴边津津乐道。这道菜有着得天独厚的地理环境，天目湖周围山体的绿色植被过滤了湖水，湖底又为沙质而非淤泥，这造就了清澈甘甜、纤尘不染的天目湖水质，其中生长的鱼类也没了土腥味。天目湖砂锅鱼头始创于江苏常州的天目湖宾馆，据说以前水库职工把鳙鱼捕上来，给客人做下酒菜，由于胖花鲢太大，烧时主人常将肉不多的鱼头斩下扔掉。水库有一老书记觉得可惜，就将鱼头捡了回来，放在锅里煮汤喝。经过几年的摸索，煨出的鱼头，味儿越来越鲜美，汤浓如乳，香气扑鼻。再经过从部队转业来到水库食堂当炊事员的朱顺才近三十年的精心烹制后，现在已经成为江苏传统名菜之一。

做天目湖砂锅鱼头选用的是天目湖水体中天然生养的大花鲢鱼头做原料，纯天然天目湖水为汤基，辅以葱结、生姜、料酒、香醋、香菜、胡椒等，撇除浮油，在火上煨煮数小时，一道汤色如乳、鱼肉白里透红、细嫩无比的砂锅煨鱼头就可以上桌了。

青　鱼

做得一手好菜的大舅和二舅相继过世，三舅是个两手一甩一辈子吃三舅妈做的饭的人，我也就吃不到舅舅做的菜了。以前每年腊月下旬，二舅会腌缸青鱼，去拜年时少不了一大碗红烧咸青鱼块，几撮碧绿的蒜叶挤在鱼块之间，十分诱人。二舅腌的咸青鱼肉质结连、硬实，不像有些鱼块吃起来烂乎乎的，没有嚼头。大舅做的雪菜鳝筒汤和二舅做的红烧咸青鱼，是我从小吃到中年都喜欢的菜，而今，我成了一个没学好做这两道菜的老外甥。

清人王士雄在《随息居饮食谱》载"青鱼"："……可鲝可脯可醉，古人所谓五侯鲭即此。其头尾烹鲜极美，肠脏亦肥鲜可口。而松江人呼为乌青，金华人呼为乌鲻，杭人以其善啖螺也，因呼为螺蛳青。"王士雄所撰看似食谱，却满满的中医味，"青鱼，甘平。补气养胃，除烦满，化湿祛风，治脚气、脚弱"，写得让人对青鱼没了胃口。不过，他也奉劝，虽然鱼脍中青鱼是最好的，也叫鱼生，蘸点麻油、椒料吃起来味美开胃。可烹饪不熟容易生病。就算做糟鱼、醉鲞，也常令人发疥……

王士雄说青鱼是古人所谓的五侯鲭，这种说法不是太准确。"鲭"字若分为两个字，从右往左读，是青鱼，而青鱼古时有"鲭"的称法。苏轼有诗："今君坐致五侯鲭，尽是猩唇与熊白。"这个五侯鲭实则泛指美味佳肴。

青鱼只是普通的四大家鱼之一。

因为"长江三鲜"和"太湖三白"毕竟名贵些，它们还是走不进寻常百姓家的，但人们依靠着先民智慧的积累，在普通鱼类中下功夫，竟也能悟出"鳙鱼头，青鱼尾，草鱼肚裆鲫鱼背"的家常菜，并逐步做成了本地的名菜。典型的就有"溧阳天目湖鱼头"和"戴溪青鱼"。

戴溪青鱼似乎更平民化。在资源匮乏的二十世纪七八十年代，凡武进洛阳人家有红白喜事，餐桌上最后的压轴大菜必是"余青鱼"。但随着青鱼饲养户使用颗粒饲料来缩短鱼的生长周期从而降低鱼的生产成本起，这种青鱼变得体形肥胖，肉质松软，一下锅就缩水，鱼肉酥散，难以夹筷，无论是外形还是口感，较之喂养天然饲料的青鱼逊色多了。青鱼的身价就此一落千丈，渐渐淡出餐桌、酒席。

现在的戴溪青鱼又"游"回来了：在每天以螺蛳、蚬子等贝壳类为食物的环境下长大的青鱼，体形"结练"不虚肥，肉质硬实。春秋淹城的农家菜美食街有家"戴溪青鱼馆"，以八至十斤的新鲜青鱼加工而成，宰杀洗净后切成两到三厘米条状，加盐腌制一定时间，配以适当比例的佐料加工而成。红烧时，鱼皮被煎得酥脆，香气袭人；余青鱼汤时，汁浓味鲜；做成鱼丸时，鱼肉滑嫩。

但无论哪种烧法，只要是正宗的戴溪青鱼，随便用筷子夹一块鱼肉，绝不会松散，味道鲜美而不肥腻。尤其以青鱼尾巴做的一道"红烧划水"，色泽红亮，鱼尾油润，肉滑鲜嫩，堪与鲜鱼翅媲美。有次在"戴溪青鱼火锅"店，见一个朋友将尾巴的刺一根根撕开，塞嘴里剔肉吃，试了下，这个方法果然灵光。之前，这些部位没有吃过，错过了最肥腴的细微处。上海人吃"青鱼秃肺"是取鱼肝炒笋或蒜叶，一道菜要用十几条青鱼取料，说是嫩如猪脑，我没吃过，即便吃过我也不晓得与猪脑相比如何，因为我不吃猪脑。

太湖有三白，银鱼、白鱼与白虾。太湖还有七鲜，七鲜分上七鲜与下七鲜。上七鲜是清蒸蟹、清炖甲鱼、孔雀开屏鳗、斋饼刀鱼、鲜肉蒸鳝鱼、雪菜烧黄长条、松鼠鳜鱼的阵容，下七鲜也有椒盐穿条鱼、油浸昂刺鱼、油炸鳑鲏、香酥针口鱼、卤梅鲚鱼、双椒鲢鱼头及红烧激浪鱼的排场。即使不说太湖，乡间大大小小的河塘也供给着上百种鱼鲜以满足水乡人的口舌之欲，想想真是幸福。

海边的人说海鲜有多好吃，我尝了感觉粗野，就像海水咸涩没有淡水那样清爽。当然，我并没有强迫海边的人承认湖鲜、江鲜比海鲜好吃，这问题就像北方人说玉米窝窝比南方的米饭香，我却难以下咽，那是粗粮。只能说一方水土养育一方人，我是苏南秀水中"太湖三白"与"水八仙"的荤素搭配下滋养长大的，于是长成了"细粮"的体格和性格。

猪头肉

　　民国三十三年（1944年），二十五岁的张爱玲已经和老年人一样爱吃甜烂之物，一切脆薄爽口的都不喜欢。她不会嗑瓜子，连细致些的菜如鱼虾也完全不会吃，自称"是一个最安分的'肉食者'"。这个年龄的饮食喜好，几乎和我相反。她觉得上海所谓"牛肉庄"是可爱的地方，那里穿白外套的伙计们个个都是红润肥胖，笑嘻嘻的，他们的茄子特别大，他们的洋葱特别香，有趣的是她没提到任何牛肉的事，却认为"他们的猪特别该杀"。她说，门口停着塌车，运了两口猪进来，齐齐整整，尚未开剥，嘴尖有些血渍，肚腹掀开一线，露出大红里子。我以为她要写两只猪头了，她没有，她说不知道为什么看了绝无丝毫不愉快的感觉，"一切都是再应当也没有，再合法，再合适也没有"。张爱玲真是个奇怪的女子，她觉得那里空气清新，很愿意在牛肉庄找个事，坐在计算机前面专管收钱。我挺想听听她说说猪头肉的味道，她没说，可能她不吃猪头肉。猪头肉看来特属于男人，同时的周作人就回忆："小时候在摊上用几个钱买猪头肉，白切薄片，放在干荷叶上，微微撒点盐，空口吃也好，夹在烧饼里最是相宜，胜过北方的酱肘子……"

明朝。没有酒，空口吃什么猪头肉呢？其实有几个女人又爱酒又爱猪头肉。西门庆三妾孟玉楼、五娘潘金莲和六娘李瓶儿在房里赌棋。潘金莲提出赌注："赌五钱银子东道，三钱银子买金华酒儿，那二钱买个猪头来，教来旺儿媳妇子烧猪头咱们吃。只说他会烧的好猪头，只用一根柴禾儿，烧的稀烂。"下了三盘，李瓶儿输了五钱银子。潘金莲使绣春儿叫来兴儿来，把银子递与他，叫他买一坛金华酒，一个猪首，连四只蹄子，吩咐："送到后边厨房里，教来旺儿媳妇蕙莲快烧了，拿到你三娘屋里等着，我们就去。"来兴儿买了酒和猪首，送去厨房。蕙莲借口要纳鞋，但顾虑潘金莲嘴巴不好，只能起身到大厨灶里，舀了一锅水，把那猪首蹄子剃刷干净，只用的一根长柴火安在灶内，用一大碗油酱，并茴香大料，拌得停当，上下锡古子扣定。哪消一个时辰，把个猪头烧的皮脱肉化，香喷喷五味俱全。将大冰盘盛了，连姜蒜碟儿，用方盒拿到前边李瓶儿房里，旋打开金华酒来。三人坐定，斟酒共酌。李瓶儿一尝，偏咸，就递给蕙莲一碟猪头肉，让她尝尝自己做的味道。蕙莲道歉了下，说下次会做好。很明显那次蕙莲对潘金莲的指派不乐意，故意把猪头煮得偏咸了。

二十世纪八十年代。年轻的爸爸骑着二十六寸的"永久牌"自行车从暮色中回来，他的车把上隔三岔五地挂了包用褐色纸裹好、细绳扎紧的东西，晃荡得极其诱人。等一杯老酒倒好，拆开纸包，一片一片的酱红色猪头肉将小小的厨房熏得香喷喷的。我和妹妹喝粥，偶尔伸上两筷，有时还得瞥上爸爸一眼。当然，他从来没有责怪我们去抢他的下酒菜。反倒是妈妈说我们，少吃几片，留给爸爸搭酒，吃粥吃什么猪头肉。猪头肉和一杯酒，是爸爸较早给我的印象。那时的猪头肉，已经把略贵的耳朵和舌头去掉，单列售卖，一盘猪头肉能切到几片猪鼻囱已很不错，爸爸说特别有嚼头。我不吃猪鼻囱，总觉得还在淌鼻涕。爸爸还说猪眼睛也好吃，他用方言形容的味道我写不出来，大概是细腻的意思。我也不吃眼睛，眼睛怎么能吃呢？我的老婆爱吃鱼眼睛，我有个故交从牛头中掏出皮蛋般大小的眼睛也啃得津津有味。过去的好时光是过年杀猪，家里有了一只完整的猪头。用那只猪头祭祀祖宗时，我能看见它的泪痕，祭完就劈成连体的两爿腌制起来。等猪肉吃完，就取咸猪头出来蒸或煮，耳朵和舌头用来招待客人，从骨头上剥离下来的猪头肉，那股咸香还在唤醒我童年的味觉。

二十世纪七十年代。那是个凭票供肉的年代，我未曾经历过，年前买只猪头还得半夜去排队。从苏童的《白雪猪头》，可以见到一位忍耐又无奈的妈妈。"我"母亲凌晨就提着篮子去肉铺排队买猪头肉了，明明看见肉联厂运来八只冒着新鲜生猪特有热气的猪头，掌管肉铺的张云兰却只摆了四只小号猪头在柜台上，排在第五位的绍兴奶奶和第六位的"我"母亲就没买到猪头。谴责与争吵毫无用处，到了八点钟，隔壁家小兵却照样从肉铺里扛回一只猪头。因为小兵家爸爸管着棉布，妈妈管着白糖。尽管天底下的猪头长相雷同，"我"母亲一眼认出了小兵肩上的猪头就是清晨时分肉铺失踪的猪头之一。"我"母亲的一只手忍不住伸了过去，捏了捏猪的两片肥大的耳朵，叹了口气，说，好，好，多大的一只猪头啊！读得我也有点儿叹气，张云兰有点过分了，也不照顾一下一位有着五个长身体的孩子的妈妈的心情。但张云兰最终还是善良的，除夕夜给"我"母亲送来了两只从来没见过的大猪头。这是个挺有意思的关于猪头的陈年往事，一个不会喝酒的孩子为什么那么爱猪头肉？事实上，那个年代，猪头比肉便宜很多。

二〇一〇年代。猪头肉的远古味道从北魏《齐民要术》慢慢传来，"蒸猪头法：取生猪头，去其骨；煮一沸，刀细切，水中治之。以清酒、盐、肉（加肉蒸不能理解，怀疑是'豉'字）蒸。皆口调和。熟，以干姜椒著上，食之"；到《随园食单》更加精细，"先将猪头下锅同酒煮，下葱三十根、八角三钱，煮二百余滚，下秋油一大杯、糖一两。候熟后，尝咸淡，再将秋油加减，添开水要漫过猪头一寸，上压重物；大火烧一炷香时，退出大火，用文火细煨收干"。以前总觉得猪头肉是穷人的下酒菜，比如我的爷爷，我的爸爸，"我"的母亲，而今它依然作为重要的符号摆在卤菜店的显要位置。我有个好朋友，往往赶去一个叫"卜弋"的小镇买猪头肉，一顿酒可以吃下半个猪头。我也偶尔吃，念想了，就几个人相约去那家叫"大胖老味道"的土菜馆叫份咸猪头，简单一蒸，咸香扑鼻，嚼两下，八十年代就扑面而来了。盐，会把某些记忆封存好，不易变质。多年后，我也会在某个夏日黄昏，变成汪曾祺一样的老头儿："就着猪头肉喝二两酒，拎个马扎趔趄摸到一个荫凉树下纳凉……"

花生米

花生也叫"长生果"。生的长生果汁水多，甜津津的。我小的时候路过花生地，估摸下泥土里的花生已经结得一串串了，会一把抓住花生茎枝的"脖子"揪它们出来，几下子一捋，塞进裤袋，找个河边洗干净剥了吃。撸光了花生的茎枝再原地埋好，好像一个小偷偷了人家的东西，没忘了随手把门带上。

那个时候，我还不晓得酒是什么味道，还是"麻房子，红帐子，里面坐了个白胖子"猜谜语的年纪。只看见爷爷和爸爸就着一碟油炸花生，一口酒三粒花生的黄昏。妇女们聊天一般嗑瓜子，很少见到剥花生消闲的。女人聊天就和男人喝酒差不多，说一句话，嗑几粒瓜子。

花生带壳炒，是年货必不可缺的。

花生分大花生和小花生。大的，皮淡红色，小的，皮深红色。小花生比大花生要香得多。下酒吃螃蟹要选大的，吃花生还是小的好。

花生

我和朋友喝酒有没有螃蟹无所谓，花生少不了。一大桌菜摆好了，总是找来找去，然后招呼小酒馆的老板娘，再来盘花生米。李太白、苏东坡的下酒菜里从来没出现过花生，江湖好汉们到酒馆，齐整整地喊："小二，切两斤牛肉。"

原来花生是后来从南美洲引进的，怪不得他们。若是土著，吟赋的写诗的作词的大多爱杯中之物，怕是典册高文里也少不了花生一片。

油炸花生用的是豆油或菜油，翻炒起锅后，晾几分钟撒上盐花，很脆。盐水煮花生也好吃，带壳煮会把壳中的香渗进去，好像荷叶鸡或粽子。尤其是剥开壳，里面躺了四粒花生米的，真是开心，像碰到了一个双黄蛋。

宫保鸡丁、夫妻肺片里也放花生，被汤料浸过，一没有油炸花生脆，二没有煮花生的香烂，就不像是吃花生了。

我的老师余斌先生写过《花生米》，说花生米代表着下酒物的底线，底线往往是最基本因而也最少不得的，历数下酒之物而将花生米列为第一，其理在此。余斌老师说得真切，若面前连盘花生米都没有，这酒还真不知怎样喝第一口。可我的几颗磨牙都拔了，花生米已嚼不动，也照样喝下了第一口酒。

鸭四件

我的老师余斌写过一本书《喝酒的故事》，一看到书名，读书时和老师喝酒的情景就历历在目了。老师酒量比我好，三番五次抱怨说，老喊着喝酒，喝着喝着自个儿就先睡着了。所以，每想起酒多打盹后醒来，老师和另几个酒友还在很精神地喝就有些不好意思。《喝酒的故事》里第一辑叫"何物下酒"，收录八篇下酒菜，依次是花生米、豆、蜂蛹、鸭四件、海蜇、凤尾鱼、烧鸡和奶酪。

如果我写八篇下酒菜，也会以花生米开头，而以鸭四件结尾，其中依次会是炒螺蛳、猪头肉、雪菜豆子、咸菜小鱼冻、凉拌萝卜丝和盐水猪肝。不去说其他的，老师的菜单里有道"奶酪"让我觉着心生奇怪，若不是看到这文章，我是断然也想不到奶酪可以是一道下酒菜。读罢文章，知晓老师说的是在法国，红酒与奶酪是一种固定的搭配，这种搭配还涉及一种减肥神话，说有助于脂肪的燃烧。如果说我们的花生米必是下酒菜固定的搭配，那么奶酪在法国人眼里可能算得上是中国的花生米了。据余老师的经验，"奶酪可令红酒在口中的味道更饱满悠长"他颇能体会，而"红酒则可盖掉奶酪的腥膻霉臭而存其蕴藉的醇香"他就体会不了。在我看来，在餐桌上，酒是酒，奶酪是奶酪，不喝酒的人就去吃奶酪吧。

话说回来。以前听说过鸭四件，大概是一个装了"鸭翅、鸭掌、鸭头、鸭脖"的冷菜拼盘。余老师开门见山纠正了我的直觉："鸭四件"其实是两样，鸭翅与鸭爪而已，以单只鸭计，则上上下下，共得四件。

原来鸭头、鸭脖不在四件之内。不久前我回城北老家，常去的那间"食锦居"饭馆，菜单的冷菜多了个"鹅四件"，点了端上来一看，是鹅翅、鹅掌、鹅肝、鹅肫的拼盘。我觉着我给出的"鸭四件"拼盘也非常搭配。虽说鸭肫、鸭心、鸭舌也都可以摆进"鸭四件"，鸭舌似乎相对贵了些，爱人和儿子看电视吃零食就老啃这鸭舌，我尝过，味道挺好，再看包装的售价，那么一丁点动辄几十上百元，给我下酒，我得合计合计。

南京盛产"盐水鸭"，鸭头单独做菜不是多见，全南京的鸭肝、鸭肠仿佛都进了鼓楼四条巷那碗鸭血粉丝汤里，耳边总听见小店老板娘那句："阿要辣油啊？"

我常当零食吃的是鸭脖，肉虽不多，却是骨头缝里的活肉，有嚼头也特别香。可惜吃到的鸭脖都是武汉的牌子，招牌的辣脖子那真叫一个辣，夏天啃一小段三杯冰啤酒都缓解不下来，幸好有了五香味的改良版。

我生活的地方吃鸭头倒是寻常，也不知道那么多鸭头从哪来的，感觉像是为邻近吃"盐水鸭"的南京人收拾"残局"：一只铁锅，放上鸭头、桂皮、茴香、砂仁、当归等煮。我觉得能和正宗的北京烤鸭、南京盐水鸭、武汉鸭脖相媲美的，可能是嘉泽老街一个百年历史的屋子里熬制出的鸭头了，常武地区之外也许无人知晓。制作者四代传承，对食品皆怀敬畏之心，别无分号，只想让阿兴鸭头成为名扬常武的一道地道名吃：光泽鲜艳，咸淡适中，五香透骨，颇有嚼劲。

鸭翅鸭掌偶尔吃，总觉得肉太少了些，啃来啃去没什么内容。余老师倒是提醒了我，鸭四件多半是卤的，鸡翅有烤的有炸的，鸭翅大概是过于皮包骨了，烤与炸两种皆不宜。这么一说，去过烧烤摊真没见过烤鸭翅、烤鸭掌的。

周作人说有人请他去便宜坊吃烤鸭子，他不会拒绝，不过也不怎么佩服，他总觉得烧鹅好吃，"这脆索索的烤焦了的皮，蘸上甜酱加大葱，有什么好吃的，我很怀疑有些多不免是耳食"。我在北京时，去便宜坊吃过几回烤鸭子，还就是那"脆索索的烤焦了的皮"让我吃了服帖，一丝丝油从嘴角溢下来又脆又香。甜酱、大葱真是有点多余，还是吃原味的好。我说起这北京的烤鸭子，真正想说的是，片掉鸭皮、鸭肉剩下的鸭骨架有两种吃法，一是煮泡饭，另一种做椒盐鸭骨，可惜的是，同去吃烤鸭子的人，大多选择吃煮泡饭。那个椒盐鸭骨在我看来，完全可以在"鸭四件"中占有一席之地，下酒好菜。这么一看吧也难怪了，选择吃煮泡饭的似乎都不是爱酒之人。

天南地北的鸭吃了不少，麻鸭、酱鸭、腊鸭甚至野鸭煲，似乎抵不上我搭配出来的那道"鸭翅、鸭掌、鸭头、鸭脖"的冷菜拼盘，佐白酒、黄酒、啤酒都可以。如果食材用的是杜甫的那只"花鸭"或陆游的那只"烟陂鸭"，味道是不是更好呢？

拌萝卜丝

近来回了一趟老家，邻家阿姆自留地里戴了缨子的红萝卜长得特别喜气，泥土上露出小半个滚圆的肚皮来。我差不多忘记了红萝卜的季节，一想寒露已过了好几天，霜降就快到了。霜降这个节气，因为气温陡然降下来许多，北风一吹，不用说苏南湖里的螃蟹一下子膏黄丰腴，就是几棵青菜也摇身一变为肥美的"大头青"。哎，奶奶就没有见到今年的红萝卜了。

萝卜和青菜总摆在我们日常的餐桌。红萝卜切块烧肉当然好吃，但与肉一起搭伙的机会毕竟少，所以萝卜往往就一个人过日子，那么碗中的萝卜难免有点苦茵茵的。那么多的红萝卜怎么吃得完呢？红萝卜在我们这主要用来做萝卜干。常州有一怪，萝卜干当下酒菜。萝卜干当然可以下酒，清贫年月猪头肉只能偶尔打牙祭，常用以下酒的是炒黄豆、油炸花生米，没有前两样时，萝卜干也是好东西啊。可萝卜干是一年到头用来下粥的，真正下酒的是凉拌萝卜丝。

红萝卜切薄片，薄片再切成丝，撒上盐花搓揉均匀，腌上半小时，用清水洗净，挤掉水分。加少许红糖、醋、生抽、味精，用香油拌匀，吃起五味生香又爽口。如果放几片嫩绿的香菜叶子，看起来更令人舒心。而今的凉拌萝卜丝用的大多是那种比樱桃大点的杨花萝卜，汪曾祺用这种小萝卜给一个台湾女作家烧了吃，她吃后赞不绝口，汪老烧小萝卜时是加了干贝的，难怪，海味可以提鲜，这烧法不妨试试。凉拌的话用刀的侧面将其拍裂，浸泡在糖、醋、盐调成的汁中。不能说不好吃，可总觉得与我做的凉拌萝卜丝不是一回事。

思来想去，我小时候做凉拌萝卜丝时，从未见过这种小的杨花萝卜，到了现在我也不会去选这种萝卜来凉拌，让我有欲望做凉拌萝卜丝的，一定是一大堆菜摊子中我一眼就能从某个乡下老大爷手中认出的他自己种的红萝卜，它只能在某段时节有，拳头般大小，挨在左边的胸口，可以像心那般跳动。那红萝卜也正是汪老说的穿心红萝卜，"长可三四寸，外皮深紫红色，里面的肉有放射形的紫红纹，紫白相间"。他家乡的酒席上还有一冷碟，是萝卜丝与细切的海蜇同拌，这道菜我的家乡还真没见过。这种做法也可以试试，很多东西是会给人带来惊喜的。

以前新鲜的萝卜可以切丝凉拌，吃不完的切丝晒干，又是一种

萝卜丝

储备。那些晒干的萝卜丝又在等肉来搭伙过日子，可很少等得来，等不来肉的日子也照样被奶奶简单煮煮蒸蒸吃了，变成了我们从前的日子，我们再也吃不出那种干萝卜丝的味道来的日子。

盐水猪肝

那年的院子里，一头猪被摁在宽长的板凳上，四脚挣扎死劲地嚎叫，杀猪佬正盯住它喉咙，估摸着精确的下刀要害处，一个需要补刀的屠夫怕是要被别人笑话的。几个围观者的喉结也开始上下滚动了。他们似乎都看见了各自中意的新鲜猪下水已掏到了眼前，而院外那一垄浑身透出诱人之绿的青蒜仿佛就为等待这一刻的到来，快过年啦……儿时的那份可口念想一直萦绕在脑边，所以，每逢本地的小青蒜到了时节，我就会迫不及待地买上一把，用来炒咸肉丝和猪肝吃。

炒猪肝常见的配菜是洋葱和青椒。然而，你一筷子夹过来，猪肝与洋葱、青椒一起嚼的时候，远没有猪肝与青蒜叶搭配嚼起来的美妙。

我和妈妈都喜欢吃炒猪肝，恰恰又炒不好，有人炒的猪肝又滑又嫩，我俩炒得都过老了。不光是缺少诀窍的缘故，我俩犯同样的

盐水猪肝

毛病，总担心猪肝会炒不熟，稍有迟疑火候就过了。所以，我们时常做盐水猪肝吃，盐水猪肝老一点是不太影响口感的。我做的盐水猪肝又比妈妈做的好吃，因为我舍得用料。

盐水猪肝是卤猪肝中最简单的一种做法。猪肝洗净，放入水，加料酒、姜片、茴香，盐少许，煮沸后小火再煮二十分钟。捞出来用凉水洗去沫渣，切薄片，晾上半个小时吃，有干香。蘸料也简单，一碟生抽，洒上几滴香油。常见的卤猪肝浸在卤水里，湿漉漉的，有混浊气，总觉得像梅雨天那些一直未见干的瓦片来。我只能说我的做法，我满意，妈妈也很满意，一些来我家吃饭的朋友尝到了还觉得不错。

常州溧阳的名菜"扎肝"是少不了猪肝的。猪肝还可以与青菜烧汤，较为清淡，也有很多地方煮猪肝粥喝，味道我倒是不清楚，我个人心里不太能接受"猪肝粥"这样的做法。

有一年，庆丰包子与炒肝的名字一下火了起来。我几次去北京也没敢尝，一笼包子，加碗炒肝，类似于我家乡配包子吃的豆腐汤。那炒肝里面不仅有猪肝，还有大肠，我想不明白，大清早的那么腻怎么咽得下去？

在暮晚时分，眼前有盘整齐码好的盐水猪肝，夹上一片下酒，让我想起多年前平房屋顶的一叠瓦来。

红烧肉

东坡肉就是红烧肉。取半肥半瘦的五花肉，切成方块，用细绳呈十字绑好码整齐加配料焖制而成。为什么要用细绳扎起来？说是一是为了好看，二是在做的过程中肉块造型不会走形，口感也会更好。东坡肉酥烂，红得透亮，看样子就很诱人。可老实说，奶奶和外婆做的红烧肉都比东坡肉好吃。东坡肉、东坡肘子、东坡羹之类，因为与东坡产生了联系，似乎也一下子华丽转身了。

《山家清供》里的"东坡豆腐"实则就是寻常的油煎豆腐：豆腐先用葱油煎，再放入酱料一同煮。略有不同的是，他加了一二十个研磨好的香榧子，可能香气更为浓郁。

我想，与我同龄的，小的时候对一碗红烧肉的期盼都差不多。肉夹光了，往米饭上浇一调羹剩下的肉汤，那个味道想想还是会咂嘴。我们家现在是，妈妈几乎不吃红烧肉，爱人和孩子很少夹上一块瘦肉吃吃。我呢？即便一年不吃红烧肉，都不会有念想。所以，只有爸爸还每顿会吃上几块，一碗红烧肉他一个人要吃上两三天才能吃完。

咸肉我倒是很爱吃。尤其冬天，一盘大蒜叶炒咸肉丝，几乎成了我们几个喝酒时必点的菜。咸肉丝被油煎得焦黄，与蒜叶香一交融，真是世间尤物。大片的咸肉块，垫上土豆或百叶蒸，都好吃。我有个朋友每当上这道菜时，会放下酒杯，先叫上一小碗米饭，就着三块大咸肉几口就下去了。也就是说，咸肉有他特别想吃米饭的魅力。

可我一年也会做上好几顿红烧肉。只有被红烧肉"喂"过，素鸡或百叶结才会性格醇厚。我和爱人、孩子都喜欢吃红烧肉里的素鸡或百叶结，等把这些所谓的配料吃完了，肉倒反而变成了多余的"配料"，如果爸爸不在家，那么肉隔上一天就倒掉了。想想有点浪费有点可惜，甚至耳边还有奶奶在指责"糟蹋啊"，可就是没人肯动筷。后来，为了吃素鸡或百叶结，我把红烧肉换成油面筋塞肉，素鸡或百叶结的味道与红烧肉里的一般好吃，这个油面筋塞肉倒也不至于都被丢掉。

红烧肉与笋也是好搭档。不过，笋比素鸡、百叶的底子好，没有肉"喂"，味道也是绝佳的。春笋炒韭菜、冬笋炒雪菜，哪个会输于红烧肉里的笋呢？林洪的《山家清供》里有道菜说的就是肉与笋之间的微妙关系：夏初，林笋盛时，扫叶就竹边煨熟，其味甚鲜，名曰"傍林鲜"。文与可守临川，正与家人煨笋午饭，忽得东坡书。诗云："料得清贫馋太守，渭滨千亩在胸中。"不觉喷饭满案。林洪觉得，大凡是笋，都重在甘与鲜，不应与肉同吃。当今鄙俗的厨子大多笋中杂肉，就像因为小人，便坏了君子的清雅。"若对此君仍大嚼，世间那有扬州鹤"，苏东坡的意思太精妙了。

林洪把肉比作小人，笋比作君子，这种"比德"实则一点意思也没有。苏东坡的这句诗出自《于潜僧绿筠轩》，前四句是："可使食无肉，不可居无竹。无肉令人瘦，无竹令人俗。"文与可是苏东坡的表哥，深得东坡的敬重。这俩表兄弟都是爱竹子的人，但有一点我倒想说一下，东坡对于肉的态度不够真诚，如果给他一个选择题，每天都有肉吃但居所没有竹子、如果居所有竹子但没有肉吃，他会不会选后者不好说。

驴　肉

"天上龙肉，地上驴肉"，显然说的是驴肉的口感是无与伦比的。可谁也没吃过龙肉，难不成把年画从墙壁上撕下来煮锅汤喝？至于还要取龙肝凤髓之类来烹制珍馐，则显得更无聊了。"龙凤煲"我是吃过，一条乌梢蛇或黄梢蛇，加只老母鸡一起炖，味道一般，我觉着鸡汤就是鸡汤，放条蛇进去，就有了浊气。

我们这有生牛肉、生羊肉卖，但没有生驴肉卖，所以我一次没做过驴肉。

驴肉吃过很多次。印象最深的是在山西潞城，不知是驴肉本身质地好，还是厨师烹制手艺高，一盘冷切的驴肉我夹了好几片。肉质比牛肉细腻，香嫩。后来还上了道"驴肉甩饼"，一小碟驴肉，加上薄饼、葱丝、黄瓜片、酱料什么的。裹了一只尝尝，还真心不错。这个吃法实际上大同小异，烤鸭卷饼甚至西餐里的墨西哥鸡肉卷，都差不多这样。

驴肉火烧，也就是类似于肉夹馍。

以前听说过"驴打滚"，一直想看看是什么做法，到了北京才知道是一道糕点小吃。

话说回来。小时候看见杀猪觉得猪可怜，后来想想它就是被杀了吃的，"家"字里面就有一只猪或一圈猪。它什么也不做，吃了睡睡了吃，只顾长肉，以回馈主人喂养它的辛劳。可牛啊马啊驴啊，虽说也是人在喂养，毕竟几口草的事，它们用体力做出的回报是无数倍的。所以，一头牛刚犁完几亩地，麦子快要长穗；一头驴刚拖回麦子，还没休息又磨好几袋面粉……吃牛肉、驴肉时我常常看见这些温情的东西，总有点卸磨杀驴的不安。

柳宗元写了篇《黔之驴》，如果黔地真的无驴，那个好事者运了驴过去，老虎才第一次吃到了驴肉。好吃不好吃，老虎没说，柳宗元没写。

还听说过一种"活叫驴"的吃法，简直目不忍视：不直接杀驴制成菜品，而是由食客挑选驴身上的哪一块肉，然后用滚烫的汤汁去浇那块肉，直到熟透为止，你听得见驴的惨叫声吗？我吃东西，若遇见新奇的，耳边总有《朱子语类》："问：'饮食之间，孰为天理，孰为人欲？'曰：'饮食者，天理也；要求美味，人欲也。'"

你看看那些围在一起吃"活叫驴""抠鹅肠""叫三叫"的，还能叫人吗？

鸽　肉

常听人说"一鸽胜九鸡"，这话我是不大相信的。打个比方，一个人在某天吃了只鸽子，另一个人连续九天每天喝碗散养的老母鸡煲的汤，稍一合计滋补的长期性，那句话就不成立了。

我爱人产后虚弱，爸爸每天去宰杀一只鸽子回来炖汤给她喝，连喝了一两个月。难怪我妈说过，爱人那段时间吃掉的鸽子可以在门口飞成群了。所以，只能说鸽子的营养胜过鸡，因为老人的许多经验我还是相信的。

但我一直不知道的是，鸽子已经是排在鸡鸭鹅之后的第四家禽了，一年出栏好几亿只。令我感到惊讶的并不是那个"亿"为单位的数字，而是"第四家禽"。

家禽是用来吃的，鸽子作为家禽用来吃，我似乎还没有这个概念。

那么多的鸽子去哪了？我好像这几年也没吃过几块鸽肉啊，有人说一半是在广东被吃掉的。可能我和周作人对吃的态度差不多："我并不主张吃素，但也不赞成一定非吃肉不可，有些飞走的小动物，有如鸽子兔子，不必搜求来吃，既有普通的鸡豚也就可以够了。"七十年前的周作人大概还在想着鸽子兔子是野生的。

印象中，鸽子就两种吃法，炖的鸽子汤，烤的脆皮乳鸽，遇到后者，我也会尝两口，因为每次上这道菜都是"位菜"，一人一份，不吃丢那挺可惜。撕开鸽子腿时，油渗了出来，蘸上椒盐后，又脆又香。

可我仔细去看鸽子的做法时，原来这么丰富，红烧、卤、油炸、油焖、盐焗……即便是炖当然少不了以鹿茸、冬虫夏草、枸杞、人参等命名的炖盅了。还有把鸽子去皮去骨制成肉馅，均匀搓成肉圆放油锅炸的"炸鸽肉球"。

最有意思的是一种"炖蚌鸽"的做法：蚌外壳洗净连壳放碗内，入蒸笼蒸至蚌壳分开，蒸出的汤汁留用；蒸好的蚌除去泥沙用冷水洗干净，壳留用；将蚌肉切碎与肉茸、淀粉、酱油、葱、生姜、胡椒粉混合；将混合后的肉料嵌入蚌壳内，两片合拢；大汤碗中放入预先煮过的笋块，将整只乳鸽保持原形放在上面，四周排一圈嵌肉蚌壳，加入精盐、味精、黄酒、清水及蚌的汤汁，置于隔水加盖的锅内炖煮一小时即成。

抄录下这个做法，虽略微费时，给有兴趣者一试。

全羊宴

　　做了一个奇怪的梦，其实也谈不上有多怪异，一大群绿色的羊在我的梦中漫步。那些绿色的羊是种子种出来的，它们在我内心的城堡里经历了发芽的好时光，长成葱葱郁郁的植物，星空下弥漫着和平的绿色光芒……睡前我读了一本诗选。从"当它渐渐肥硕/美丽的毛皮形成画卷/牧羊人的想象就开始啦/毛的亲人是剪子/皮的邻居是刀片/肉的故乡是铁锅/骨的国家是荒野"（《面对一头羊的想象》）到"现在我们坐在关口上，吃羊蹄、羊筋、羊血、羊肺、羊心、羊肠、羊尾……却没吃到羊的温顺和善良"（《在碧鸡关吃羊肉火锅》），雷平阳的内心剧场下起悲悯的泪水。在吃的方面，我宁愿是一个懦弱而迂腐的人。

　　车前子说，"我在饮食上是有所为有所不为"，他这话是对着一盘"孜然乳鸽"说的。我的饮食性格大抵上与老车相似。前两天有朋友请吃饭，热菜第一道是"烩羊肉"，第二道是"豆渣饼蒸麻雀"……我举着双筷子缓慢地移来移去却无从下手。因为个人饮食习惯的缘故，我总觉得南方的冬天有点灰凉，哪怕火锅边升腾的热气也不能给我带来多大暖意。我出生的那个叫西夏墅的小镇，每年一到冬天会尤其热闹。爱吃羊肉的人们从四面八方涌来，一座小镇络绎不绝开出来的羊馆足以证明这里的全羊宴是非常地道的。因为我从不吃羊肉，所以我写《全羊宴》你千万别以为可以从中觅得些许美食信息，我所有与羊相关的文字，都在让你读了之后不想再去吃羊肉上下功夫。在现代汉语字典里，我觉得还有两个字可以通用：羊与殃。

所谓全羊宴，并不是北方烤一只全羊的概念。北方的全羊宴更确切的说法大概叫"整羊宴"。我所在的城市有家叫"草原兴发"的连锁火锅店，聚集者大多数来自内蒙古，他们在这座南方小城也总能酝酿起草原风情：上席时将整只羊平卧于一只大木盘中（仿佛熟睡，也确是熟了睡），羊脖上系一红绸带（多像纯洁少年的红领巾）以示隆重，端入餐桌让宾客观看后回厨房改刀，按羊体结构顺序摆好。宴请的主人先用刀将羊头皮划成几小块，首先献给席上最尊贵的客人或长者，然后将羊头撤走；再把羊的背脊完整地割下来，在羊背上划一刀，再从两边割下一块一块的肉逐个送给客人。最后请客人用刀随便割着吃，吃时蘸上兑好的适口调料。我喜欢看内蒙古人喝酒，兴起时载歌载舞，气氛撩人，不知不觉中你已经融入进去。只是菜由羊肉组成，看着一刀接一刀的，有割心之感。

家乡的全羊宴有点满汉全席的味道，虽没有袁中郎《随园食单》中满菜全羊的七十二种做法之多，但冷、热（炒、煨、爆、烧、炖、焖）至少也有二三十道：冷菜（白切羊肉、白切羊肝、白切羊心、白切羊肚、白切羊头肉、白切羊尾）、炒菜（红烧羊肉、孜然羊肉、炒羊丸、炒羊腰、炒羊肝、炒羊心、炒羊杂、炒羊鞭、炒羊肚、炒羊眼、炒羊血、椒盐羊排、羊前爪、白汤羊杂锅仔、羊前棒、羊腱、羊脑炖豆腐、白汤羊爪、羊脑炖鸡腰、羊肉羹、滋补羊蝎子、爽口竹签羊肉、鱼羊鲜、羊蹄髈煨粉丝）。我的印象里羊的器官中仅除母羊的生殖器外，全部入菜。所以说，一桌全羊宴未必吃得了一整只羊，但许多道菜却需要几只羊才够菜料。比如羊的眼睛、耳朵、舌头、肝……也许在一桌全羊宴上，几只同胞羊兄弟的器官又能团聚在一起，被三下五除二塞进同一张嘴巴，也许就是它们的胃和肠经过人的胃和肠排泄出去，回报前世青草的养育之恩。

我首先要表明我的态度，我非常讨厌连动物生殖器都吃的人。这不是一个笑话，这是个很严肃的问题，对于人类已经拥有无数饮食资源的前提下依然选择这一食物的决定，显然是很无耻的。与此相比，《大地英豪》荡气回肠的开篇音乐透出雄壮的大地气息，在哈德逊河以西边疆游猎的印第安部落最后三个莫希干人，一头健壮的鹿应枪声轰然倒下时，金卡加虔诚地说："兄弟，我们杀了你心里抱歉，我们钦佩你的勇气、速度和耐力。"他们眼神中夹杂的胃的原始需求与鲜血对峙的矛盾心理，令人感到捕食有时宛如宗教仪式。

在看似人类文明的进步中，我和周围的人群变得越来越不成熟。如果所有的人干脆回到婴儿时代，每个人都只要喝点奶，那未尝不是一个美妙的王国。当我读到阿尔贝特·施韦泽"我们走向成熟的唯一道路是，使自己变得日益质朴、日益真诚、日益纯洁、日益平和、日益温柔、日益善良和日益富于同情心"时，我环顾周遭，还有几颗心怀揣着这样的梦想？《香草》里现代文明最后的牧羊人，在夏天翻山越岭将羊群赶到蒙大拿州最惊险的阿布萨洛卡山与熊牙山间的草场，途中那些美丽的自然风光令人陶醉，我多想也能拥有自己的羊群。我对牧羊人的职业充满好奇，我甚至因为在没去过草原前文字里却时常出现草原而感到虚伪和羞愧。

因为大地上缺少诗人，所以羊诞生了。它怀着最为真诚的感恩之心，赞美阳光与草地，它甚至不去伤害与红色有关的花朵。它没有任何红色的记忆，只化作红色的记忆留给了世间。每读约翰·缪尔的《夏日走过山间》，我就想起那些在大地上写诗的羊群，它们保持着热爱以及人类所不具备的纯真善良的永恒品格。我曾经祈愿过，如果上天给我一个愿望，我只想到八十岁还不是个孤儿；如果上天还给我一个愿望，我希望这个世界从来没有过羊的存在，因为它们显而易见的对人类的珍贵教义反而增长了对方反方向的欲望。一桌全羊宴，十张放松的嘴巴，我看见了支离破碎的爱。在吃的方面，我宁愿是一个懦弱而迂腐的人。

蟹

北方有友来，若是秋天，我是少不了要请吃螃蟹的，每人一公一母。他们说好吃，却很少再剥第二只。我说，吃到了母蟹的黄，不尝尝公蟹的膏，不算是完整地吃过螃蟹了。"九月团脐十月尖"，各有各的妙处。北方人大多嫌麻烦，喝酒还是大块吃肉的好。

怕麻烦的人怎么办呢？靖江的蟹黄汤包用的馅料，如果不做包子，勾以芡粉，就是一道肥美爽滑的江南名菜"腻蟹糊"。

九月之前的螃蟹黄不饱满，膏不丰腴，有一种"六月黄"的公蟹还没有完成最后一次蜕壳，壳薄、柔嫩、多黄，倒可以先解解馋。"六月黄"是性腺未完全发育的童子蟹，最好不要蒸着吃，肉质太嫩水分易流失，肉就没那么鲜美了。一般以炒为主，做"面拖蟹"或"香辣蟹"。珠三角产的一种黄油蟹蒸熟之后，轻轻揭开蟹盖，黄膏丰腴，浓郁的蟹油香味就扑面而来，这个蟹比较贵，以两计算，一两要好几百块。黄油蟹前身是雌性膏蟹，属于海蟹，大概

螃蟹

一百只膏蟹里才有一只黄油蟹。

米酒、香料、精盐醉制而成的"醉蟹"，虽说肉活、味鲜，我很少去吃，醉虾、三文鱼之类生的东西，我都有点反胃。

《周礼·天官·庖人》载："共祭祀之好羞。"郑康成注云：谓四时所为膳食。若荆州之鳠鱼，青州之蟹胥。陆德明音释云：蟹，酱也。山谷诗云："蟹胥与竹萌，乃不羡羊腔。"好些版本将"青州"换成"扬州"，这两个地理来去大了，暂不说。我不知道鳠鱼是什么鱼，据说荆州那个地方鲶鱼是很出名的。黄山谷的诗一般都记载为"乃不美羊腔"，此处用"羡"，美与羡是完全不同的美食情感了。竹萌是毛竹的嫩苗，按采取季节分为冬笋、春笋、鞭笋等，皆为我喜爱之物；蟹胥是螃蟹酱，我吃过两回，味道极鲜；三者中羊肉我从来不吃。所以有蟹胥和竹萌，羊肉也没什么可以羡慕的了。

至于我耿耿于怀的一点是，好好的螃蟹不新鲜蒸了吃，去做成一种酱菜，真是可惜。

螃蟹有名字吗？《清稗类钞》中记载过一种"长足蟹"，说有个叫延吉的地方产蟹，其壳直径不过二寸，而足长到四五尺，每一足的肌肉足够供一两个人食用，而且其肉之鲜美也超过常蟹。这蟹的长相我不敢想象，跟怪物似的，除非我亲眼看见成群地爬过，否则只有一种可能：偶有一只基因突变。苏南平原有的是大小湖泊，盛产各种螃蟹，宋代傅肱的《蟹经》一书中就已经这么介绍"江浙诸郡皆出蟹，而苏尤多"。如果以外表特征区分，绒螯蟹、青壳蟹、玉爪蟹……理所当然成了螃蟹的名字。然而，螃蟹的名字几乎由湖泊的名字命名，"固城湖"（南京）、"阳澄湖"（苏州）、"长荡湖"（常州）……我的家乡是平原，没有山，却偏偏有种山螃蟹，也叫石头蟹，在河渠边年复一年爬着，个头小，没法和大闸蟹相提并论，却也可以吃吃的。

海里的螃蟹我也吃过很多，梭子蟹、珍宝蟹、红毛蟹、帝王蟹，样子长得一个比一个大，一个比一个古怪，味道虽好，口感终不如江蟹、湖蟹来得味正。徐文长善工残菊败荷，他笔下的"阳秋三绝"选了菊、酒、蟹，说的也是喝酒、吃蟹、赏菊那点时节上的事，看起来没什么灵气。我就想着，徐文长画的蟹换只帝王蟹，大概会把同时代的画家惊得目瞪口呆了。

古往今来皆有写蟹的情趣文字："膏腻堆积，如玉脂珀屑，团结不散，甘腴虽八珍不及。""予于饮食之美，无一物不能言之，且无一物不能穷其想象，竭其幽渺而言之。独河蟹螯一物，心能嗜之，口能甘之，无论终身一日，皆不能忘之。"张岱和李渔一唱一和，对蟹褒之有加。连我见犹怜的黛玉在史湘云摆的螃蟹宴上也忍不住吟了首咏螃蟹的诗。不知道《世说新语》有没有夸张，竟有像毕卓这般疯狂的好蟹之人，"右手持酒杯，左手持蟹螯，拍浮酒船中，便足了一生矣"！看来还真没了更好的追求。

吃蟹的人一般有两种：比如妻子，拿起热气腾腾的螃蟹，首先卸掉钳和螯，享用膏、黄之美味，然后拾掇一只只"辅助"物，当作任务；另一种是爸妈，他们和妻子相反，先慢慢剥着一只只钳和螯，清理干净后再细品膏黄。我算是为数不多的第三种人，先尝两只钳螯，然后享用蟹黄，当味蕾绽放后意犹未尽时，再用几只钳螯收拾残局。我得意于我这种吃法更妥当些。

很多人爱骂那些横行霸道之徒一句"你真以为自己是螃蟹"。这螃蟹横行的科学常识近日才知：原来螃蟹是依靠地磁场来判断方向的。在地球形成以后的漫长岁月中，地磁南北极已发生多次倒转。地磁极的倒转使许多生物无所适从，甚至造成灭绝。螃蟹是一种古老的洄游性动物，它的内耳有定向小磁体，对地磁非常敏感。由于地磁场的倒转，使螃蟹体内的小磁体失去了原来的定向作用。为了使自己在地磁场倒转中生存下来，螃蟹"以不变应万变"，不前进也不后退，决定横着走。从生物学的角度看，蟹的胸部左右比前后宽，八只步足伸展在身体两侧，它的前足关节只能向下弯曲，这些结构特征也使螃蟹只能横着走。古希腊有首寓言诗里描述了一只钳住蛇的蟹，它居然对蛇说：朋友，你应伸直，不要横行。想来好笑，这螃蟹身不正却看不惯影子斜，简直傲慢可恶，脱口便是"只许州官放火，不许百姓点灯"的腔调。

不过横着走也是走，你却不能小瞧它的速度，一眨眼就爬过了唐时秋月明时风雨，一眨眼爬到了二〇〇〇年，一眨眼就热气腾腾、金黄灿灿了。于是写诗的著文的画画的纷纷而上，嚼你的盔甲吃你的肉，最后给你吟首悼诗画幅遗像，聊表安慰。

虾　仁

从前的人，说话挺有意思。唐人唐彦谦作《索虾》诗，有句子："既名钓诗钩，又作钩诗钓。"这钓诗钩与钩诗钓都是对虾的戏称。宋人苏轼在《洞庭春色》一诗里又有句子："应呼钓诗钩，亦号扫愁帚。"这个钓诗钩却成了酒的别名，意为酒可以给人灵感，钓出诗来。那么，钩诗钓会指什么呢？我倒没读到什么句子里有这个词，若我也生在他们那个年代，我大概会把"钩诗钓"编入一个好句子，和他们一起热闹热闹。

这个是玩笑话。

苏南水乡常见的是河虾、白虾、籽虾。做起来最简单不过，盐水虾或红汤虾。盐水虾只需将水烧沸，加姜片、葱结、料酒少许盐花，虾入沸水，待虾变红，水微微重新沸腾时捞出即可。唐彦谦的《索虾》就写得很形象："双箝鼓繁须，当顶抽长矛。鞠躬见汤王，封作朱衣侯。"红汤虾则油爆一下，加点酱油。这些年多了种罗氏虾，个头大，水煮不好吃，得油焖，肉质比较老，可是虾黄很可口。

海虾我不爱吃，比如基围虾，水煮、油爆都不怎么好吃，我倒是试过在虾背切开口子、取掉虾线用来煮过虾粥，很嫩，粥也入口鲜。这基本上就是那种"潮汕砂锅粥"的做法。

平时做虾，问孩子吃虾吗？摇摇头。给他剥好吧，一口一个，所以，虾仁大概是给"懒人"吃的。我并不是太爱吃虾仁，我喜欢剥虾的过程，以前牙齿好的时候，还不用剥，牙齿与舌头配合得利索，虾肉吃完可以把整只虾壳吐出来。我妹妹吃虾至今还是吐整只虾壳的习惯。

清炒虾仁，先得把活虾去头、去尾、去壳，纯虾肉与蛋清、淀粉、盐搅匀，油热至三四成，翻炒，滑透，捞出；配料可以用黄瓜、竹笋切片，也需在油五成热时翻炒，滑透，捞出；然后将葱姜末煸炒出香味来，倒入虾仁与配料，调味，炒匀，即可出盘。清炒虾仁看着舒心，吃起来也爽口。

我们这还有虾仁面，就是阳春面上盖以虾仁为浇头，比一般的面贵。其中最贵的是三虾面，不是三鲜面哦。三虾是指虾籽、虾仁、虾脑。做三虾面首先要捕到腹部有虾籽、头部有虾膏的河虾，再收集虾籽，剥出虾肉和虾脑（也就是虾膏），这些过程十分繁复，我就不一一细述了。

河虾味道最鲜美，但是个头较小，所以要收集这些东西很费事，这也是三虾面贵的主要缘由。虾仁嫩、虾脑香、虾籽酱鲜，一碗三虾面，动辄一百多元，我估计我妈妈是舍不得去买上一碗吃的。至于我吧，不要说舍得不舍得了，几个人吃三虾面，有人请客，我说我只要来碗雪菜肉丝面，我这个人有时吃东西没情趣，太固执了。

面拖蟛蜞

　　刚读完唐彦谦的《索虾》，又读到了他的《蟹》，感觉此人也是个吃货。但又不得不承认他的博学："湖田十月清霜堕，晚稻初香蟹如虎。扳罾拖网取赛多，簸篓挑将水边货。纵横连爪一尺长，秀凝铁色含湖光。蟛蜞石蟹已曾食，使我一见惊非常。买之最厌黄髯老，偿价十钱尚嫌少。漫夸丰味过蝤蛑，尖脐犹胜团脐好。"

　　这首写《蟹》的诗还提到了蟛蜞与石蟹。这三种乡野常见的东西初看差不多，实则完全不一样。鹿门先生是山西晋阳人，要么曾来江南生活过，要么就是他晋阳那边也有螃蟹、石蟹和蟛蜞。因为在我们这，还有好多人不能区分这三种东西。而且，鹿门先生对这三种吃食的最佳季节如此了解，诗里面还写到了第四种蟹：蝤蛑，即梭子蟹。他说螃蟹比梭子蟹好吃，即便同是螃蟹，他的口味也与我一致，公蟹的膏要远胜母蟹的黄多。

　　每写到吃的，我总会先想到心灵手巧、厨艺精湛的婶婶。一个家庭主妇，可以将家常菜做到众口皆碑，她做的松鼠鳜鱼不输于老字号酒楼里大厨做的，她做的小点心从童年起就是我舌尖上味蕾的高峰。我姨婆当年没有生养，奶奶就把小叔过继给她妹妹，于是小叔生活在离江边不远的村子。我儿时的夏天大多数在小叔家度过。夏夜，十岁左右的我跟着三十岁未到的小叔，一支手电筒所照之处，那些蟛蜞密密麻麻地在水渠里涌动着，毫不夸张地说，只是一个动作"捡"就足够了：蟛蜞个头小，甲壳略呈方形，螯足没毛，公的螯足较大，母的螯足较小。所以，所谓捡，我们只挑公的。捡满一桶蟛蜞，我们就回家了。

剩下的事全交给了婶婶。她把蟛蜞冲洗干净，摘下大螯，身体剥壳只留腹部一块。面粉中再加入几枚鸡蛋，她娴熟地调好面衣，放些盐，味精，蟛蜞往面衣里一拖一裹，即可入油锅炸，炸至金黄色捞出。来一块，鲜香无比……可惜的是，我那时用这美味下大麦粥，还不会喝酒。

而离我们不远的张家港，有道菜"蟛蜞豆腐"，嫩滑、鲜美，是将蟛蜞去腮去脚去壳，只剩中间的肉块，整个捣碎，用纱布滤掉渣只要汁。在汁里面加一点蛋清，搅拌均匀，放入沸水里，汤面上就会浮起一团团"豆腐花"，所谓"蟛蜞豆腐"实则没有豆腐的参与，这说起来也是奇思妙想之作。

明末清初，广东番禺人屈大均不仅是学者、诗人，还有"广东

蟛蜞

徐霞客"之称。顺治十三年（1656 年）开始云游四海，游走于齐、鲁、吴、越之间。顺治十七年秋，屈大均访南京，并与写下重要食谱《食宪鸿秘》的朱彝尊同游山阴，想来也少不了聊聊关于美食的事。屈大均写有《食白蟛蜞》诗两首。

其一："正月蟛蜞出，雌雄总有膏。绝甘全在壳，虽小亦持螯。捕取从沙坦，倾将入酒糟。野夫贪价贱，日夕下醇醪。"

其二："风俗园蔬似，朝朝下白黏。难腥因汲水，易熟为多盐。馈客双瓶少，随身一盒兼。儿童频下水，多卖与闾阎。"

不知道屈先生何时何地写了这两首，看得出他是熟悉蟛蜞的。但我所见的蟛蜞背皆为青黑色，他的白蟛蜞又是何物种？我大致来考一考。吴自牧的《梦粱录》说杭州城的"鲞铺"摆了各种鱼鲞、海味，其中提到了"鲜鲊、蟹鲊、淮鱼干、蟛蜞"；白居易有诗"乡味珍蟛蜞，时鲜贵鹧鸪"；崔豹《古今注·鱼虫》有载，"蟛蜞，小蟹也，生海边涂中，食土，一名长卿。其有一螯大者，名为拥剑，一名执火"。这个蟛蜞总体上指向蟛蜞。明人谢肇淛《五杂俎·物部一》有"闽中蟳蚶，大者如斗……其螯至强，能杀人……其肉肥大于蟹，而味不及也""吴越王宴陶榖，蟳蚶至蟛蜞六十余种"，说那次宴请里从梭子蟹到蟛蜞有六十多种，梭子蟹还有白蟹的说法。古人对动物的纲、目、科、属分得没有现在详细，有的同一事物有好几个名称，有的同一个名称会交叉在不同的事物上叫。

古书里蟛蜞有蟛蛴的叫法，蟛蜋还有蟛蛆的叫法，都快"日月不分"了，那么，屈大均所谓的白蟛蜞会不会就是白蟹即梭子蟹呢？完全有这种可能。

　　不管他吃的是梭子蟹还是蟛蜞了，诗中的做法不是我婶婶擅长的，大概是"醉蟹""糟蟹""呛蟹"之类的做法。那种做法我不太吃得习惯，我觉得我还是以婶婶的手艺为妙品。

裙　边

清人王士祯有《花草蒙拾》，说："宋南渡后，梅溪、白石、竹屋、梦窗诸子，极妍尽态，反有秦、李未到者。虽神韵天然处或减，要自令人有观止之叹。"此前，我也看到过"史梅溪之句法，吴梦窗之字面"的说法，只大致记得此人颇喜欢小溪、竹子之类，有句"裙边竹叶多应剩。怪南溪见后，无个再来芳信"，说史梅溪的句法有什么精妙之处还真看不出来，只隐约看见他在想念一位着一袭长裙立于竹边的女子。

如果有风，竹影摇曳，裙边微摆，这个女子想来是曼妙动人的。

可甲鱼这长相，居然与"裙边"这个词也有关系，实在是有趣。这裙的款式又能叫什么名称呢？裙边是甲鱼背壳边缘的肉质部分。甲鱼，我们那常喊团鱼、脚鱼。晋人崔豹《古今注》有："鳖名河伯从事。"这个名字不知是何来由，古时"从事"是一种官职，我想大概和称好酒为"青州从事"差不多意思吧。

团鱼小的整只清炖、大的切块红烧后，裙边柔润肥腴，大多数人喜欢吃。又想起汪曾祺在《金冬心》里开的扬州头号盐商程雪门宴请两淮盐务道铁保珊的那份菜单来：甲鱼只用裙边。鯚花鱼不用整条的，只取两块嘴后腮边眼下蒜瓣肉……其实我不是特别爱吃裙边，别人认为好吃的东西我未必会去吃；同样，鯚花鱼的两块蒜瓣肉我又是很喜欢吃的，可喜欢吃又没那么多给我吃。我有个朋友不吃水里的东西，奇怪。我妹夫没吃过甲鱼，来我们家时第一次吃甲鱼，竟然过敏，也奇怪。

我们那整只清炖的团鱼，端上桌后，就会把整个背壳掀开，给桌子上最年长的长辈或最重要的客人吃。也就是说，其他人是吃不到裙边的。偶有几次在桌上扮演过轮到给我吃的角色，我都婉言推掉了，我说我喜欢吃团鱼的脚。

《五代史补》载："僧谦光有才辨，饮酒食肉。尝云：但愿鹅生四掌，鳖留两裙足矣。"足见这个叫谦光的高僧对裙边的喜爱，我理解他美好的心愿，只是物种的样子显然有点进化过度了。

清人梁绍壬有《两般秋雨盦随笔》，卷六一则《和尚破荤》对几个和尚做了比较，其中就有谦光。吃鸡蛋的和尚作偈曰："混沌乾坤一壳包，也无皮骨也无毛，老僧带尔西天去，免在人间受一刀。"他认为是大慈悲。劈伽蓝菩萨作薪煮狗肉的和尚有句云："狗肉锅中还未烂，伽蓝更取一尊来。"别人认为此人洒脱，他认为此人是畜生道。对于言有"但愿鹅生四掌，鳖留两裙"的谦光，他和别人一样，认为此话为俊语。

我年少时，团鱼、螃蟹、黄鳝、田鸡等在田野间游荡，没有现在这样去养殖的。这些东西如今吃起来远远比猪肉好吃得多，而那时，我们却总是向往隔几天一家人能围在一起吃上一碗红烧肉来。

小时候我还会杀鱼。屋旁的池塘钓了鱼，在石板码头剔着闪闪的鱼鳞，灶间张罗一会，等父母劳作回来，就可以吃上晚餐了。长大了不敢杀鱼了，更别说长了脖子的甲鱼，活的东西都不敢杀了。

田　鸡

以前去菜市，卖田鸡的摊贩娴熟地杀田鸡剥皮的过程，我是不忍看的。现在，很少看到杀田鸡的场景了，因为田鸡不允许吃了。

蔬菜中的"美人腿"是茭白，荤菜中的"美人腿"是田鸡，它们一般都配上毛豆子炒，这两种"美人腿"我都喜欢吃。

有个情景是怎么都忘不掉的。二十世纪八十年代的夏夜，我们几个小孩子跟着那个大孩子身后，看他用一只上海牌三点八伏电珠的三节头电筒手晃悠在田埂边，又快又准地抓了半蛇皮袋田鸡。回家打算烧盘田鸡吃时，被他的妈妈臭骂了一通：哪有那么多的闲油烧给你们吃啊！我们只能又灰溜溜地跟着他到附近的小河边"放生"，可是由于挤压、颠簸，大多数的田鸡漂浮在水面上不怎么动弹了，有一部分明显已窒息而死。我们那时在想，多好的田鸡啊。可没有多余的油，又能怎么办？

我是会做田鸡的。做法类似袁枚在《随园食单》所写的《水鸡》："水鸡去身，用腿，先用油灼之，加秋油、甜酒、瓜、姜起锅。或拆肉炒之，味与鸡相似。"简单说就是爆炒田鸡，炖田鸡也容易做，我一般不那么做。顾仲的《养小录》录有《水鸡腊》："肥水鸡，只取两腿（余肉另入馔），用椒、酒、酱和浓汁浸半日。炭火缓炙干。再蘸汁再炙。汁尽，抹熟油再炙，以熟透发松为度。烘干，瓶贮，久供（色黄勿焦为妙）。"一眼看出，这是烤田鸡了，烤田鸡我没做过也没吃过。

另外，水鸡是虎皮蛙。还有一种土色的小田鸡，我们小时候会钓回来喂鸭子。

溧阳的竹鸡，我没吃过前以为是竹园里的一种类似田鸡的东西。吃过后，肉质像鸡又比鸡肉嫩好多。等看到盘子外的样子时，再也不去吃了，长得蛮好看的鸟啊，它也叫"竹鹧鸪"。这个鹧鸪老在词牌里飞来飞去，再吃好像在狼吞虎咽那些宋词了。你看，李清照皱眉了、晏几道撇嘴了、辛弃疾怒目了……

我还听几个人说过，烤蛤蟆、炖蛤蟆吃起来特别香。一想到癞蛤蟆的样子，我都快吐了，估计又是广东那边的吃法，广东人对吃的胆量，我等是望尘莫及的。当年韩昌黎被贬潮州时，柳宗元任柳州刺史，赠诗一首托人带去问候他，韩昌黎也作了一首《答柳柳州食虾蟆》。说"虾蟆虽水居，水特变形貌"，什么样子呢？"虽然两股长，其奈脊皱疱"，丑吧？后来他可怜地说"余初不下喉，近亦能稍稍"，一开始不敢吃，最近能吃一点了。那个虾蟆就是蛤蟆。

老实说，田鸡我还是喜欢吃的，既然说不允许吃了，也挺好的。再读到王士雄的《随息居饮食谱》，说了一串田鸡的药用功能后，有一句"且肖人形，而杀之甚惨"，不由浑身打了个激灵，我还从未把田鸡的样子与"人形"联系在一起。不是说"味与鸡相似"嘛，那就做个小鸡炖蘑菇吃吃吧。

河　蚌

海大，海边的人见过的世面也大。

《五杂俎》有："龙虾大者重二十余斤，须三尺余，可为杖。蚶大者如斗，可为香炉。蚌大者如箕。此皆海滨人习见，不足为异也。"想想，其实也没夸张。簸箕大的蚌小时候我都见过，二十斤的龙虾我虽没见过，也不是不可能啊。我们常吃的澳大利亚龙虾也有两三斤重，大海那么大藏的东西多呢。那个三尺余可作杖的须倒是觉着新鲜。

我这篇不是说龙虾的，说的是河蚌。说河蚌我得说说故乡那条小河。我为它写过很多文字，裹粽子的芦苇叶、叼鱼的翠鸟、捕鱼的大爷爷以及关于落日的一大沓诗稿。小河里最多的故事是吃的东西，每每想起那种再也吃不到的椒盐小鳑鲏鱼，口水就会流下来。

河蚌是我们这些在夏天喜欢"蓬浴"的小孩子顺手摸回来的食物。用脚小心探着河泥，一踩到那种滑滑的壳就会扎个猛子下去拔

河蚌

出来。我们"蓬洗"时会带只脚盆，摸到一只河蚌就往脚盆里一丢，河蚌差不多碗口大，摸到十来只够吃就不摸了。

河蚌用手是掰不开的。"蚌方出曝，而鹬啄其肉，蚌合而其喙"，那个《鹬蚌相争》的动画片可以看出，河蚌闭合力还是蛮大的。剖河蚌先用刀沿合好的蚌壳边削一圈，再用刀将蚌壳撬开，最后用刀剜出蚌肉。

蚌肉用盐搓打几遍，会去掉黏液、去腥。蚌肉切片，加姜葱爆炒，配上韭菜，是一道清爽的小菜。饭馆里常做"蚌肉金花菜"。可我觉得最好吃的是用蚌肉、加豆腐、雪菜慢慢炖，一碗汤加点胡椒粉，那真是鲜啊。

河里的贝壳类我们那数河蚌最大。小的有蚬子，长得与海鲜中的蛤蜊差不多。我记得小时候用来涂手涂脸防干燥的蛤蜊油，那个外壳就是蚬子的壳。还有一种长长的贝类我们喊"长草"，看起来就像贻贝（青口）。不过蚬子和"长草"我们都不吃。

想不起来哪本关于美食的书里写到一道菜叫"老蚌怀珠"，说是《瓶湖懋斋记盛》这本书记载的，曹雪芹用鳜鱼做的：鱼身刀纹，宛似蚌壳，鱼腹内含一明珠，"灿然在目，莹润光洁，大如桐子，疑是雀卵"。

说到蚌与珠，以前还有一种在池塘里挂上网箱养殖的蚌，比河蚌小，较扁薄，后背上有三角形翼，用来育珍珠的。我们直接喊这种蚌叫"蚌珠"，查资料，实为"帆蚌"。这种蚌等剖开取出珍珠后，也没人去吃蚌肉了。估计是所有的精华已被珍珠吸收。珍珠一般也就豌豆大小，古时，珍珠难得，大的珠子更是难上加难，因为野生的帆蚌也是少有珍珠的。宋应星的《天工开物》说："凡珍珠必产蚌腹，映月成胎，经年最久，乃为至宝。"所以，像陆佃《埤雅》所言"龙珠在颌，蛇珠在口，鱼珠在眼，鲛珠在皮"被宋应星来了句"妄也"。还有个宋人钱易写的《南部新书》说："西市胡人贵蚌珠而贱蛇珠，蛇珠者蛇所吐尔，唯胡人辨之。"真是胡编乱造，根本没有蛇珠，胡人又怎么来分辨呢？

　　写河蚌原本是写吃的，却写了好长一段蚌珠，但我也没错，蚌珠不也是可以吃的吗？至于如何吃，可以去问问女生。

带　鱼

　　我有好几个朋友特别喜欢吃带鱼。一桌菜上完，"没点带鱼吗？再来份带鱼"，这基本上成了一个酒局的尾句，那么起句是什么呢？冷菜中找来找去没看见花生米，会先来个"加盘花生米"。

　　带鱼这东西，似乎无论春夏秋冬、东南西北，都可以吃到。做法无非干煎、红烧两种。当然清蒸也可以，只不过腥味重了点。清蒸带鱼一般都在离海边较近的地方做，新鲜。带鱼出水不耐活，所以我们见到的带鱼都是冷冰冰、硬邦邦的了，卖鱼摊上的冰层看起来好像是带鱼的泪冻起来的。海边刚捕捞上来的带鱼，整条鱼镀过一层银般光滑晃眼，正如聂璜《海错图》里描述："望之如入武库，刀剑森严，精光闪烁。"聂璜还写了首《带鱼赞》："银带千围，满载而归。渔翁暴富，蓬荜生辉。"不过，没有宋琬写的《带鱼》诗好："银花烂漫委银筐，锦带吴钩总擅场。千载专诸留侠骨，至今匕箸尚飞霜。"一条带鱼闪烁着几千年前的刀光剑影。

带鱼

我爸爸也喜欢吃带鱼。以前吃小鲫鱼非常利索，患有阿尔兹海默症后，他变得迟钝而知趣，甚至很少吃鱼了。要吃的话，我和妈妈也只给他夹鱼肚皮上那两块肉，不会被鱼刺卡住。他连鸡爪、骨头都会啃得手忙脚乱，觉得尴尬就干脆停下来不吃。所以，我发现他为什么越来越以红烧肉为主了，夹上一块往嘴里一塞，不给别人添麻烦，也会有尊严些。他有时看着带鱼，筷子欲伸又止，我就会夹上一块，把两边的小刺一剔，给他。这样，带鱼的鱼刺部分就相对简单了，鱼肉吃完后，只剩下一个篦状鱼骨。这个《本草纲目拾遗》里说得很清楚："周身无细骨，正中一脊骨如边箕状，两面皆肉裹之，今人常食为海鲜。"

带鱼当然属于海鲜。然而，我对海鲜没什么兴趣。三文鱼不吃，怕芥末味；烤生蚝，偶尔尝个；葱爆海参，因为说是大补的，夹上一小片；大龙虾不吃它的肉，吃垫在它身下的蒜蓉粉丝……带鱼是例外，大伙面对满满一桌海鲜大快朵颐时，我吃上两三块带鱼就心满意足了。至于带鱼还分"本带鱼"和"洋带鱼"，我搞不清楚哪来的说法。但相比那种体形宽大、肉质粗糙的所谓的"洋带鱼"，我更爱吃体形窄而薄的"本带鱼"。前者臃肿，后者精炼。

《本草纲目拾遗》还说："据渔海人言，此鱼八月中自外洋来，千百成群，在洋中轶衔尾而行，不受纲，惟钓斯可得。渔户率以干带鱼肉一块作饵以钓之，一鱼上钓，则诸鱼皆相衔不断，掣取盈船。"如果想想，你提竿钓起一条带鱼时，下面是一条接一条相互咬着尾巴、直到你的船都装不下才剪断，那是何等壮观的场景啊。作为渔人，你是喜悦的，作为带鱼，有没有人觉得这鱼会傻成这样呢？类似的记载我见过好几处。聂璜在《海错图》里画的带鱼就是这个场景：一条带鱼咬钩后，另一条带鱼正咬住它的尾巴。我觉得聂璜画这画并非无中生有，应该是看到了如此景象。聂璜对"诸鱼皆相衔不断"的夸张有些质疑，他问过渔民，渔民说："带鱼咬钩后，在水中挣扎。旁边的带鱼为了救它，就咬住它的尾巴拽，结果也被钓上来了。但是顶多也是两三条而已，没有几十条连成串的。"

不去纠结究竟多少条连成串了，原本以为带鱼傻的，好像一下子成了聪明又重情谊的鱼了，还晓得救同伴。事实却是令人大跌眼镜的，带鱼一只有难，其他的不是去救它，而是立刻扑上去啃咬，同伴的挣扎引发了它们的食欲。渔民钓带鱼时，上钩率最高的鱼饵也是带鱼肉，它们喜欢捕食同类，所以会被连串钓出水。

日本还有带鱼刺身的做法，我想想都不敢吃。

周作人写到的带鱼做法我没吃过，"宁波来的海味，除白鲞外，王瓜头鲞带鱼勒鲞以至淮蟹，因腌货可储藏而又杀饭，大家爱用，南货店之店铺多，生意好，别处殆鲜有其比"。带鱼勒鲞大概是一种腌制罐头，周作人说可以"杀饭"，那应当是一种可以令人撸起袖子、酣畅淋漓扒下米饭的味道。

带鱼对我来说，只是喜欢，还谈不上"杀饭"的地步。我见过两种杀饭菜，一种是蒸的大块咸肉，我有个朋友见到这道菜，眼神里都能倒映出大碗米饭来；还有种是雪菜笃豆腐，我唯一的杀饭菜。

扎　肝

　　第一次在桌上见到扎肝，觉着真是稀奇古怪的东西。仔细看一下，扎肝是用笋干、五花肉、油豆腐、猪肝叠在一起，用猪肠扎好做的（很像一种"鸭脚扎"，用鸭肠将鸭脚、叉烧肉、鸭肝扎成一摞。安徽宣城的鸭脚包则是鸭脚的中间裹以鸭心，外面用鸭肠缠绕）。还说这几样东西要按顺序捆好，我倒是没去一个一个夹出来瞧瞧，有没有哪个把顺序搞错的。

　　或者，十个扎肝中，有一个搞错了顺序的，会不会味道起了变化，更与众不同。

　　这个菜说是溧阳很有名的年菜。溧阳是常州的一个县城，也是我的小说家朋友赵志明的家乡。我见志明写过扎肝，说扎扎肝也是技术活，一根小肠可以扎出十几个扎肝，连在一起，像串鞭炮般闹热。那个地方更有名的是"天目湖鱼头"，我去尝过几回，鱼头本来就是好东西，我用新鲜的大灰鲢炖出来的鱼头汤，也不会输给它，豆腐细嫩，一撮香菜清清爽爽。实在是鱼头与天目湖连在了一起，好些人吧，太缺少一个干净的湖的安全感了。那只炖鱼头的大砂锅更起了渲染的效果，一般人家不会买的，鱼头看起来自然会更大些。

五花肉烧笋干我是喜欢吃的，爆炒猪肝也喜欢，猪肠笃豆腐则更喜欢，虽说不是特别喜欢油豆腐，一筷子夹出来的扎肝，有我好几样喜欢的东西在一起，多少有点令人心生期待。

酱油这种东西，就像是麻将里的"百搭"，一副好牌缺不了"百搭"，所以许多好吃的菜肴，也是酱油成全的。扎肝一红烧，各种味道交融在一起，口感更丰满了。江南的老三鲜，大概也是这个道理，取其一单独烧，也会好吃，三样放一锅笃，就不用说了。

至于扎肝的来由，说是一个儿子去进京赶考，母亲不知道烧点什么好吃的给儿子饯行。拿了家中鸡蛋去集市卖了，只换到一小块五花肉。竹篮里仅剩两块油豆腐，无奈中去隔壁杀猪佬家借肉，杀猪佬老婆讲只剩下一小块猪肝和一段猪小肠。母亲就用小肠把那几样扎在一起烹烧，那时用的是土灶头，柴火慢炖，想来是十分好吃的。儿子金榜题名，方言中"官"与"肝"一谐音，好兆头就来了。

那么，怎么没见笋干呢。那个儿子的后人又要进京去求取功名了，这个母亲想着先人吃了扎肝当上了官，我的儿子要官上加官，

扎肝

于是在扎猪肝时添上了笋干。故事当然有好结果，这个儿子果然高中。

那两个取得功名的姓陆，说是陆游的后人，因游山玩水到了溧阳，遂安居下来了。"扎肝"这道菜也因之慢慢流传开来。这个来历，有点牵强附会，我个人对饮食的看法，好多菜都是瞎烧烧出来的，因为味道有点特别，再一步步改进，最后成了大众喜欢的菜。

我做菜就常会瞎做，有的别人还说好吃。

故事是编的，会编故事的人很多。但有一点，我很想说，再清苦的日子，妈妈总是有办法的。

熘腰花

好食物大多可以滋补身体，这是没必要争辩的。若说吃什么补什么，我向来对这种说法很是怀疑。几个老爷们下酒馆，点上一盘"熘腰花"或"水煮腰花"，笑嘻嘻地相互夹几筷说"你多补补腰"，大家都客气地接受并回一句"你也多补补啊"。一旦遇上点"牛鞭汤"，我是一口都不吃的，那玩意的样子看起来就难以下咽。

熘腰花就是炒腰子，猪的肾。腰子切开，剔去白膜状的腰臊，打上麦穗花刀，实则类似爆炒的做法。我只会做炒腰片，就是因为没耐心去好好打花刀，只是将腰子切成薄片翻炒。以前读吴自牧《梦粱录》，有道"荔枝焐腰子"想来想去还是好奇，甜不甜咸不咸的，能好吃吗？原来"荔枝"也是一种猪腰片花刀，腰片受热后自然卷起，表面呈一粒粒形似荔枝球面表皮的颗粒状。这道菜也就是我们下酒馆时摆在眼前的那盘"熘腰花"。

《梦粱录》里有"撺香螺"，我见过这个"撺"字，一直不会读，可能是因为不怎么用得上，意思是把食物放到沸水里稍微煮一下就捞出。这么一说我就明白了，爱人生完孩子在我妈那坐月子，爸爸每天都给她做一碗腰花吃，做法叫"撺腰花"，实际上就是在沸水里氽下，加点油盐，很清淡。这做法我也会，但我不吃，有股腥味。我总在疑惑爱人怎么每天都吃得下一大碗的，可能也与她很听老人们所言的滋补有关，再说了，对于一个生完孩子没几天的女人来说，吃碗"撺腰花"又是多大点事。

我只会做炒腰片。熘与炒不同，熘得用淀粉收汁，和焐腰花差不多。《金瓶梅》中西门庆家午餐有四碗嘎饭：一瓯儿滤蒸的烧鸭，一瓯儿水晶蹄髈，一瓯儿白炸猪肉，一瓯儿炮炒的腰子。这炮炒腰子也就是熘腰花：滚水微焯，漉起入油锅一炒，加葱花、蒜片、花椒、姜、酒、酱汁等，一烹即起，至于用的是什么花刀我就不晓得了。总之，熘腰花比我的炒腰花吃口要嫩很多。

再说这个"炒"。我会做炒螺蛳，《梦粱录》是"爁螺蛳"，"爁"与"熬"相通，文火慢慢煮的烧法。细细一瞧，《梦粱录》里眼花缭乱的菜肴实在是《随园食单》不可相提并论的，却几乎少见用"炒"字。唐代以前最常见的烹饪技法是烤、蒸、煮，宋代时铁锅尚未普及到寻常人家，能用"炒"的得是有钱人家，用的是铜制精磨的炒菜用锅。

这本关于南宋临安的美食地图，从焐腰子、盐酒腰子、脂蒸腰子、酿腰子……直到"腰子假炒肺"时让我迷糊了，虽说肚片与肺片常一起煲"肚肺汤"，腰子就不能和真的肺片一起炒？再看还有"油炸假河豚"这种菜，似乎又懂了，起码河豚不会以油来炸的做法吧，所以南宋的"假"不是真假的意思。比如"假驴事件"，看这字眼哪会想到是菜啊，此"事件"是杭州方言内脏的意思，假驴则是素驴，类似素鸡。这么复杂，还是一盆盐水腰花好，就像"撺腰花"，放一簇芫荽，清清爽爽的。

老三鲜

之所以说"老三鲜",显然,冒出来的"新三鲜"举不胜举。一碗用鱼丸、木耳和青菜烧制的鱼丸汤,也在菜单上占了"三鲜汤"这一席,你也不能否认它不是三样。虽清汤寡水,味道也极佳,因为有的人口味本来清淡。

常州的老三鲜,主要用料是肉丸子、猪蹄与肉皮。肉皮是猪皮经油炸,用水浸开,切成宽两三厘米长五六厘米的条状。这肉皮松软,蜂窝状气孔,像是许多张嘴巴吮吸肉丸子、猪蹄以及配料中木耳、笋尖的各种滋味,这碗汤整体气息浓郁。

我去了好多个地方,几乎都能吃到所谓的三鲜砂锅,杂七杂八乱炖一通,味道都还不至于差到哪儿去。杂烩这种烹饪手法,用料多,你炒盘蹄筋,就比较单薄,不吃蹄筋的人似乎眼前也没了这道菜。常州有名的"一网鲜",将螺蛳、河虾、鳝筒、好几样杂鱼放一锅煮,螃蟹季节还会放几只螃蟹下去。不吃螺蛳的,可以吃筷鱼，不吃鳝筒的，可以夹几只虾。各取所需。

东北有道名菜叫"地三鲜"，取地里的时令菜蔬土豆、茄子和青椒炒制，尽管都是素食材，却十分下饭。我们这里本帮饭馆也都有这道菜，不过是用豇豆换上了土豆，做得也地道，别有风味。

在福州三坊五巷闲逛时，我撞见了一张大幅图片，说的是一道极品"佛跳墙"的配料，图文并茂，令人咋舌。闽北花菇、鱼肚、鸽蛋、鹿筋、十二寸金山钩翅、八十头进口瑶柱、九十头日本关东辽参、十二头澳大利亚溏心鲍、十斤以上印尼山瑞甲鱼裙边，不过是一道类似常州"老三鲜"一般煨煨笃笃的菜，精致到满世界找食材。

如果说"老三鲜"吃的是一头猪身上的故事，"一网鲜"吃的是一个湖里的故事，这个"佛跳墙"一下吃了陆地和海洋。不过，觥筹交错时，你塞嘴巴里的是猪蹄还是海参，看起来也没啥区别。

白斩鸡

买到一只好草鸡，想做回白斩鸡吃。

洗鸡的时候，发现肚子里还有三个鸡卵。最大的那个比乒乓球小点，最小的那个比玻璃弹珠大些。以前在乡下见人杀鸡，卵巢里肉乎乎的大大小小一连串。我买回来的这只，可能已被杀鸡的扔掉了，只留了三个看起来已像鸡蛋的，可以炖汤吃。

至于鸡卵在鸡排到体外后为什么有了蛋壳，这是动物学家可以说明白的事。

这些鸡卵就像一个日子挨着一个日子，眼前的这只鸡在被杀前，还在打算着生下明天、后天、大后天。鸡的身体里也有一本日历。

乡下人家很少舍得杀下蛋的母鸡，除非来了一位好久没上门的客人，只能咬咬牙杀上一只以示客气。因为公鸡一般只养一只，用来叫叫提醒天亮的，实则上乡下人对辰光的把握比公鸡还清楚，烧

白斩鸡

好早饭、扛起锄头准备下地时，那公鸡才叫起来。

李笠翁看事体比较明白，鸡对人类是有功劳的，至于宰杀它，是它的功劳没有牛和狗大。鸡报不报晓天都要亮的，没有了牛就没法耕地了。但处在产卵期的鸡就不要吃了，重量不到一斤的也不要去吃，虽说不会把它颐养天年，也不要让它过早夭折。《淮南子》说："兽胎不赎，鸟卵不鷇。"起码母鸡一死，面前的三个卵就夭折了。

也因为三个鸡卵的缘故，我洗干净这只鸡后，没有做成白斩鸡，还像以往一样炖了一锅鸡汤：把三个鸡卵小心塞回鸡的体内。

我们那一直做白斩鸡吃的，却好像从来不属于我们那的菜，一说白斩鸡，就成了上海人的特色。上海的葱油鸡实际上就是白斩鸡，把鸡炖熟，原汁原味，以酱油、麻油、葱花调成佐料，浇在上面。我们不浇，把鸡切成块，蘸了佐料吃。要吃多少切多少，所以也叫"白切鸡"。口感清淡，肉滑嫩白细。

海南的文昌鸡也是白斩鸡的做法。海南人"吃鸡饭"包括吃煮好的白斩鸡，还有用鸡油、鸡汤煮的米饭。涮火锅时也涮白斩鸡吃，我在我们这也吃过。

四川的口水鸡与白斩鸡做法也大同小异。只是浇佐料时里面加了红辣油。

我听说过一种江西宁都的三黄鸡，嘴黄、脚黄、毛黄，也吃过，再后来，说湖南永兴有四黄鸡，黄羽、黄喙、黄脚、黄皮。三黄四黄的，江西和湖南的口味，不过是都加了点辣子而已。

新疆吃过的椒麻鸡味道不错，味不重，看起来像白斩鸡那般清爽，略有点麻麻的，适合配瓶小"伊利老窖"吃。大盘鸡就是普通的红烧鸡做法，鸡吃起来一般，土豆好吃，新疆的土豆因为地理与光照，品质就好，新疆的水果也是如此。

我较喜欢的口味是白斩鸡、盐焗鸡，还有一种用荷叶（粽叶）包好裹了泥巴烤的叫花鸡。一个清淡，一个咸香，一个说不出来的好味道。

当然，做什么口味的鸡还得看是什么鸡。一只用饲料喂养几个月出笼的肉鸡，也只能切块红烧了，喜欢辣的人放点辣子，味重了和红烧鸭红烧鹅差不多。一只散养了两三年的草鸡，可以炖汤，可以做成一盘好吃的白斩鸡。我就没见过白斩鸭、白斩鹅的做法。

鳝　鱼

　　黄鳝可做鳝片和鳝筒。细的剔骨切片，粗的截成段筒状，皆为红烧。

　　切成丝的，多为面的浇头。城北有个叫孟河的地方，鳝丝面很有名，城南就有人情愿不睡懒觉，赶去吃碗面，满足而返。一碗可以让人连懒觉都不睡的面，味道如何，自家去想象一下吧。

　　淮安把黄鳝叫作长鱼，这名字很新鲜。虽然黄鳝也叫鳝鱼，泥鳅也叫鱼鳅，我还真没把它们当作鱼来看。我小的时候不吃黄鳝、鳗鱼和泥鳅，原因是它们长得像蛇。蛇当然是更加不吃了。然而，它们确实是鱼，无鳞，可以离水无氧时不用鳃而是用鳔呼吸的鱼。后来，它们一道道摆在面前，有时四位一起在餐桌上，我也会每个夹来尝尝。

　　再说淮安的"软兜长鱼"，选的是端午前后笔杆粗的黄鳝。活长鱼倒入沸水中，待它不再蹿动，捞出洗净，取脊背肉一掐两段，猪油和蒜片炸香再爆炒这些肉。我吃过，味道极其鲜嫩，至于为何这么有名，是左宗棠吃过，又推荐给慈禧吃过。

淮安那个地方多产鳝鱼。《清稗类钞》说："淮安多名庖，治鳝尤有名，胜于扬州之厨人，且能以全席之肴，皆以鳝鱼为之，多着可至数十品。盘也，碗也，碟也，所盛皆鳝也，而味各不同，谓之全鳝席。号称一百有八品者……"全羊宴尚且做不了一百零八道，让人称奇。

我做鳝筒从不红烧，截段焯过洗净，和雪菜一起煨汤。这个做法是跟我大舅舅学的，吃过的都说好吃。骨肉已经差不多分离，入口稍微抿几下就化了。

年少时小伙伴们经常用竹片系上尼龙绳（莳秧线），一头系上大号的针，插在稻田和沟边，装上蚯蚓是捕黄鳝的，装上猪肝可以钓甲鱼。他们的夏日总有收获，两个月下来，集市卖掉的黄鳝和甲鱼足够交上一个学期学费，还可以交大人一笔钱。

我很是羡慕。用二十个饵捕到了大大小小四条黄鳝，我觉得自己也很厉害，但所用工具只捕了一次就扔了。第二天晚上，爸爸做了盘红烧黄鳝，我得意地看着妈妈和妹妹一起吃。

一个昏暗的手电筒发出的光线，还闪在那个年代的田野，照到了上钩黄鳝苦痛的小眼睛。

老　鹅

我小的时候，应该没吃过鹅肉。

乡下养鹅的人家也并不是很多，鸡与鸭不说成群养吧，至少养上三五只，用于日常蛋类所需，不太舍得吃蛋的，还会隔几日积上一小篮子去集市卖了。奇怪的是，养鹅的人家只是养上一只，不杀了吃也没见生出什么鹅蛋来。说是鹅也会看家护院，声音洪亮，老是一种备战状态，起码可以帮鸡妹妹吓吓黄鼠狼。我不晓得鹅有没有吓到黄鼠狼，我倒是上学路上不止一次被鹅追得急出眼泪来，那时经过养鹅人家，真是提心吊胆，又恨又怕。

我第一次吃鹅肉是多大、鹅肉是什么做法，也都不记得了。鸭肉虽细滑，我却喜欢鹅肉的粗直。仪征有种盐水鹅特别对我口味，回来时带上一只，和很多东西一样，就不如在当地吃时好吃了。溧阳竹箦的风鹅是腌制的鹅，蒸了切块作冷盘，一股咸香别有风味。也可与莴苣等煲汤做"腌笃鲜"，口感非常鲜洁。

周作人也是喜欢吃鹅肉的，他写过《烧鹅》《吃烧鹅》《鸡鸭与鹅》《吃鹅肉》。他爱吃鹅肉可能因为小时候的味道，一种怀乡之念，记忆里全是绍兴那个地方上坟酒席中的一味烧鹅，他觉着鹅虽肉理较粗，就是比鸭子还好吃。他每次写鹅肉总耿耿于怀在北方生活的辰光，那里不是没有鹅，只是不吃鹅肉，鹅被当作雁来看待。结婚仪式上用洋红染了颜色，当作礼物，随后又卖给店里，等别的人家使用。

周作人很有趣，一提到北京用来"奠雁"的鹅，就感到惋惜。他也想买只那样的鹅来吃，却担心送礼送老了的鹅未必好吃了。

《金瓶梅》也老提到鹅，尤其是韩道国送礼相谢西门庆，酒是一坛金华酒，菜是一只水晶鹅、一副蹄子、四只烧鸭，然后才是四尾鲥鱼。虽然没说到水晶鹅的做法，却是把猪、鸭、鲥鱼甩在后面的，那时鹅肉的地位有多讲究我就不去考证了。

广东潮汕菜中，卤味是其代表菜式，卤鹅又是最能代表卤味的。那个地方的卤鹅选用的狮头鹅，原产于广东饶平县溪楼村，两百多年的历史了，有"世界鹅王"之称。据说一个卤鹅头就至少能卖到八百至一千元，有的老鹅头价格甚至接近三千元，如果鹅头连着脖子一起卖，价格还会继续上涨……再涨，我即便去潮汕，想吃个鹅头得花半个月工资，加上脖子的话，那差不多一个月工资了，我会舍得吗？至于法式鹅肝配西班牙火腿、俄罗斯鱼子酱的吃法，我就不去多想了，或者说，那也并不是我能接受的口味。我生活的地方有家"卤江南"的熟食店，卖的却是"东北老鹅"。老鹅究竟是否来自东北，我是有点怀疑的。关键在于老鹅。我的家乡武进有个叫寨桥的小镇，一道"寨桥老鹅"尤其出名，实则红烧的做法，较为鲜香。鹅是越老越鲜，最佳的是养了五年的鹅，所以周作人怕鹅老了不好吃是多虑了。寨桥人走亲访友会拎只鹅，这个鹅不是周作人在北方时看到的用场，中午时分，主人就会端出来一盆热气腾腾的鹅煲来，看起来好像是带菜上门做客，有意思。

大厨陆游做的是烤鹅。"白鹅炙美加椒后，锦雉羹香下豉初"，他招待客人以花椒调烤鹅之味，以豉汁调和野鸡羹。山西的"诸侯鹅"我没吃过，无锡的"云林鹅"酥烂脱骨，味道不错，但老鹅还是红烧比较入味，且都离不开一个"烂"字。《夜航船·物理部》中，张岱在"饮食"一栏说："煮老鸡，以山楂煮即烂，或用白梅煮，亦妙。"张岱这个人在吃东西上可信，这种做法倒可以试试。至于说"煮老鹅，就灶边取瓦一片同煮，即烂"，这个说法，我还真不知何意了。

有的人看见鹅，涎水都流出来了。洪迈《夷坚志》云："小儿误吞稻芒，著咽喉中不能出者，名曰谷贼。惟以鹅涎灌之即愈。盖鹅涎化谷相制耳。"鹅涎水居然还能治老淌涎水人的病。

粥

粥，江南青花碗里的白色湖泊。

我喜欢米远胜于面。但有时候，两样事物相互成全了也会变得非常美好，比如韭菜和面粉会组成爽口的"韭菜盒子"。

说小米粥养胃，我喝不习惯。颜色不对，口感也不对。就像"粥"被北方人一喊"稀饭"，香味也一下子没了。粥，以前也作"鬻"，你可以隐约看见柴火的舌头舔着铁锅，大米在锅里慢慢弓起身来，相互搂抱在一起，黏稠起来。米汤也潜到了木锅盖边缘，扑落扑落地响着，像有了呼吸。

李笠翁好像什么都懂，"粥之大病，在上清下淀，如糊如膏"，所以煮好一锅粥，也不见得是轻易的事。我就见过煮粥的担心水太少，煮着煮着去添水了，煮饭的担心水太多，煮着煮着就舀掉点儿水。这粥和饭，肯定是不好吃的。李笠翁打了个恰当的比方，粥煮熟了，米和水已经融合得差不多了，你担心太稠去加点水，就像在酒里掺了水，能好喝吗？

我每在异乡略微多待了几天，回来得先熬锅白粥，一碗下去，胃舒坦得跟洗了把热水澡一样惬意。"粥罢重投枕，灯残起读书"，有时学学陆放翁的生活习惯也蛮好。

大麦粥也是好东西。把粥煮好（也可以是泡饭），放一勺小苏打，一边用半升篓将大麦粉慢慢撒进去，一边用铜勺搅拌均匀，搅得不好，就会有一小团一小团的凝固物，喝的时候一咬，里面还是粉状，这个是很讨厌的。所以，手感没把握的，就先把大麦粉加水搅匀，再注入粥锅。红乎乎的大麦粥挺诱人的。小时候的夏天，大人下午早早就烧好大麦粥，凉上两个小时，晚饭喝起来很解渴。我那时老喝大麦粥喝得肚子鼓鼓的，有点撑。

如果说白粥看起来像妙龄少女，大麦粥就有了妇人的稳重。我现在煮粥，喜欢抓一把赤豆，我已不太适应过于白的东西了。

妈妈老说嘴巴里没味道，就会煮一锅咸粥。也就是粥里放了蚕豆、赤豆什么的，加油盐，切把青菜进去。实际上和"腊八粥"做法差不多。"腊八粥"寓意对时令的尊敬，所以平时烧咸粥即便和"腊八粥"一样的用料，也只能叫咸粥，一年煮多少次咸粥也仅有一天我们喊它"腊八粥"。当然，"腊八粥"做起来更有仪式感，妈妈会细心准备咸排、芋头、花生、蚕豆、乌豇豆等，小时候还放一种山芋干。讲究的人家，什么栗子、杏仁、莲子、红枣、桂圆的都有。

粥

白粥是新熬的好喝，咸粥则越热越入味，香得很。所以，煮"腊八粥"一般煮上一大锅，第二天、第三天还可以吃吃。我也煮过"腊八粥"，不比妈妈煮得差，可能因为我比她舍得用料吧。可吃来吃去，乡下土灶上熬出来的"腊八粥"味道是寻不回来了。

如果不是太饿，玉米粥、南瓜粥之类，我是一口都不想吃，总觉得它们凑在一起，不搭。皮蛋瘦肉粥我喝点，但家里就算有里脊肉和皮蛋的话，我也不会去做的，也觉得不搭。这粥是广东的小吃，广东那地方做东西吃似乎特别有灵感，也不知道他们怎么会想起用皮蛋和猪肉同时熬粥的。看到这粥的三样主料还有食谱相克（粳米不宜与蜂蜜同食，猪肉不宜与鱼虾同食，皮蛋不宜与甲鱼同食），喝碗粥得如此当心细节，还不如喝我的白粥了。

卖海鲜粥的铺子也越来越多。珍宝蟹、瑶柱、基围虾、文蛤、海蛎，有时还加海参、象拔蚌、鲍鱼，用砂锅煨好，这粥不是划粥断齑的青年范仲淹可以想象的，这粥花了《红楼梦》里做"茄鲞"的功夫，这一碗粥似乎盛了一大桌下酒菜。我的白粥仅是湖泊，这海鲜粥就真是海洋了，看得我一愣一愣的，喝是好喝，吃也吃得起，终究不是寻常人家的日常。

我还是习惯盛碗白粥，佐以一小盘脆口的萝卜干，这两年牙口渐渐不好了，就把萝卜干换成了腐乳。

泡　饭

很少会有人先去煮一锅饭，再来烧泡饭吃的。一般都是中午或晚上吃剩的饭，第二天煮一下当早饭。有的则直接用开水泡下，连"煮"都省去了。那时候人们都在赶时间，大人要下地，小孩要上学，鸡已经叫过几遍。

所以泡饭在我脑里，还有一种色调：天蒙蒙亮。

泡饭应该主要是江南一带才吃的。吴自牧《梦粱录·诸州府得解士人赴省闱》载："其士人在贡院中，自有巡廊军卒赍砚水、点心、泡饭、茶酒、菜肉之属货卖。"可见宋时，连考试的人在考场都吃泡饭了，或许更早，但吃吃泡饭的事我也没必要去考究了。

北方人爱吃面食，喝粥的话也喝小米粥。如果把吃剩的饭加水煮一下或用水泡一下，我似乎看见了他们挠几下脑袋，这个怎么吃啊？

泡饭泡饭，就是又不像饭又不像粥的东西。我们那说一个人或一桩事情恶心，会说"隔夜泡饭都呕出来了"，事实上，泡饭没那么难吃。

可也不能说是多好吃的东西。一是剩饭怎么说也不舍得浪费，二是泡饭难填饱肚子，干活没力气，主妇们往往会麻利地包几个菜团子下在泡饭里煮。泡饭好像就好吃了点。

咸泡饭比泡饭要好吃多了。最简单不过的做法，就是把剩饭剩菜倒一起煮下，那个做法只能自家吃吃，若来了客人，是不好意思端给他的。起码得把干净的剩饭加上猪油、盐和青菜粒煮，猪油参与的食物总会给口感带来点小惊喜。

三鲜咸泡饭当然是很棒的了。江南的老三鲜肉皮、肉丸、猪蹄本来就煨得汤汁浓郁了，泡饭下去滚几下，就沾满了鲜香，何况还有笋片、木耳的帮衬。

有的咸泡饭放海虾、瑶柱，觉着是瞎烧烧的，你煮不出海鲜粥的汁味的。至于鱼翅泡饭，那是吃鱼翅，不是吃泡饭。

上海有"西施泡饭"，也是以海鲜为主煮的；"贵妃泡饭"汤汁浓稠，撒上脆脆的锅巴，还要搭配龙虾吃。这些，都好像离泡饭的本意太远了。

木地板，八仙桌，两碗平平淡淡的菜泡饭，才是我和妈妈两个人的泡饭。那是九十多岁的姆妈给七十来岁的儿子做的——天刚蒙蒙亮，天又近黄昏了。

蛋炒饭

那个把手指吮得津津有味的婴儿，眨眼就长大了。且饮食习惯颇像我，什么爱吃什么不爱吃大多相同。他最喜欢我做的红汤面和蛋炒饭，他说爸爸做的蛋炒饭最好吃了。不仅他，我的好几个朋友也夸赞我做的蛋炒饭特别好吃。

我们这儿有几道菜，豇豆炒茄子、香菇炒青菜，没有茄子炒豇豆、青菜炒香菇的说法。当然，谁想这么说也没错。就像蛋炒饭没有人说饭炒蛋，或许饭、青菜、茄子是最日常的东西，父辈们对它们这些口腹之本尤为在乎，有了蛋、香菇、豇豆点缀则会更好点。

我有时和张简之开玩笑，你想爸爸给你做蛋炒饭还是饭炒蛋？他三四岁时会愣一下，"咯咯"一笑，舌头舔下嘴唇："我要吃蛋炒饭。"他顽皮的笑几乎融化了我，融化了炒一盘蛋炒饭的用心。我现在不可能再问这样的问题，我晓得，再这么问，他会反问，你傻啊。那我就真傻了，孩子长大有时让你变得无趣。

那是一碗怎样的蛋炒饭呢？我只能说，肚子饿了，同样的东西会觉得好吃很多。比如《绿皮书》里，给黑人钢琴家开车的司机，啃起炸鸡、汉堡的样子尤其诱人，那一刻不光是肚子"咕咕"地叫，连口水也在两腮旋来滑去。

"我叫王大卫，今年快五十了。我是个厨子，可是到现在还没炒成过一盘儿蛋炒饭。我爸说做啥事都得慢，做大事儿的人都是这样的。"这是电影《蛋炒饭》的开场白。主人公王大卫家是一个没落的御厨世家，他有个简单的理想，要做出世界上最好吃的蛋炒饭。他做的第一份蛋炒饭，温暖了女主人公却没留住她的心。最后他做出了世界上最好吃的蛋炒饭，被资深美食家金老爷子指出是失传已久的"菩提玉斋"。后来，王大卫每天只做八十份蛋炒饭，连白宫都来订餐了。这么好吃的蛋炒饭用了什么配料呢？——米饭、鸡蛋、油和盐。

王大卫做的蛋炒饭究竟有多好吃，我不可能到电影里去尝一尝，但应该没我做的好吃。我的蛋炒饭里不放什么牛肉、香肠、玉米、胡萝卜、豌豆之类，那叫扬州炒饭，太复杂了。蛋炒饭就是蛋炒饭，得简单，我比王大卫的配料多了一丁点东西：在米饭、鸡蛋、油和盐之外加一把葱花。别看这一点点缀物，可把色、香、味撮合得恰到好处。

孩子说，爸爸做的蛋炒饭最好吃了。

我不是个做大事儿的料，也压根没有做世界上最好吃的蛋炒饭的理想。我倒很想做这样一份蛋炒饭，配料依然是米饭、鸡蛋、油和盐。不过鸡蛋得用人造鸡蛋，油用的是地沟油，我要用好厨艺把它炒出来，分给制作人造蛋和地沟油的人吃，都说能够配制这两种东西的人学历不低，可能还得读到博士，我想让他们分别尝尝对方的油和蛋是什么味道。葱花就不放了，他们的人品配不上。换我们那老人的话说，书都白念了。

蟹黄汤包

　　长这么大，吃过多少各地的包子已记不清了。蟹黄汤包是我见过的最有趣的包子，皮很有韧劲，到什么程度呢，说是可以当气球一样吹。听起来不可思议，却还真没编造。

　　十几年前去靖江，庞余亮兄请我吃蟹黄汤包。一江之隔，这包子的名声早有耳闻，一旦活灵灵地摆在眼前，还是与想象中来去极大。包子端上来，一汪金灿灿的蟹黄还在面皮里晃动，像有个急于出来的胎儿。包子旁放了根长长的吸管。

　　长这么大，从来没有见过吃包子还要吸管这样的工具；"轻轻提，慢慢移，先开窗，后吮汤"，长这么大从来没有听过吃包子还有一套口诀。主人"小心汤汁溅起来烫了嘴"的余音未落，我开窗、吮汤，已烫得我倒吸凉气，以抚灼痛。

　　苏南的小笼包也蛮好吃的，一笼八个或十个，一口一个，饭量稍大的一顿早饭要吃两笼。说是源于北宋京城开封的灌汤包，南宋

蟹黄汤包

时在江南承传、演变了下来。汤包大同小异，差不多就是个头大小、汤汁多少那点事。有年我去天津时，《散文》杂志的鲍伯霞阿姨带我吃饭，我说只想尝尝传闻中的狗不理包子，一试之下还不如常州的小笼包好吃，个头不大，吃了一只再不想吃第二只。这蟹黄汤包，我一顿吃一只足够了。

北宋的蔡京吃东西很讲究，说讲究还不如说奢靡，说奢靡还不如说粗暴。他喜欢鹌鹑羹，取的是鹌鹑的舌头，做一道羹要用去几百只鹌鹑，也就是说一口羹下去可能得十几个舌头，令我咋舌了。他喜欢吃"盐豉"，不是平常的豆豉，是用黄雀的胗腌制成黄豆大的颗粒，一餐要吃三百多粒。这些数字或许有夸张的成分，但想想也是一张嘴就是一片林子没了声音。他还喜欢吃蟹黄汤包。说是蔡府后厨专设包子组，组下又分制馅、制皮、蒸锅等小组，制馅小组下面又细分专门剔蟹黄蟹肉者，切姜丝、葱丝者。《鹤林玉露》虽为笔记小说，"缕葱丝"篇所言看来也不是毫无来由：有士大夫京师买一妾，自言是蔡太师府包子厨中人。一日，令其作包子，辞以不能。诘之曰："既是包子厨中人，何为不能作包子？"对曰："妾乃包子厨中缕葱丝者也。"

但我的直觉是，蔡京吃的鹌鹑羹与盐豉到现在还是一般人真吃不上的，他吃的蟹黄汤包未必比一个普通的靖江人吃到的好吃。再说蟹黄汤包的馅。螃蟹蒸熟后，撬开蟹盖，取出蟹黄，剔出蟹肉，锅内烧热猪油，加葱姜末一烹，再加蟹黄、蟹肉煸炒成橙黄色。与猪肉馅搅拌，加精盐、酱油、绍酒、白糖、葱姜水等搅匀。

蟹黄汤包皮薄，馅嫩，汤清不腻。因其味道鲜美，我从靖江带回两只给妈妈尝尝，虽路途只一个多小时，终还需热一下再吃。那么，问题来了，皮有些僵硬，馅也老了，汤汁更有了混浊之气。看来，所有的包子还是得趁热吃。

一只新鲜出笼的蟹黄汤包，看着，我就有了倒酒的欲望。

腻头汤

快入睡时想起儿时吃过的"腻头汤"来，像突然冒出来一个"忆江南"这样的词牌，不由咂了几下嘴。

腻头汤不是李笠翁有了闲情就可以偶寄的，也不是袁子才的食单上可以随意添加的。它可以当汤喝，当菜吃，也可以当主食填肚。几分是咸泡饭的做法，几分像豆腐汤的做法，实则更像是把好几种食物并在一起做了。

有人做腻头汤时喜欢放点螺蛳与韭菜，有的喜欢放冬瓜与虾米，有人喜欢放菱角与豆子，有人喜欢放百叶丝与豆渣饼，一看就可猜出，这是一种什么时节都可以做的食物。故乡的母亲们每个人都会做好几种腻头汤，我妈做过的可能不下十种。可每一种做法几乎是当主食填肚。

我妈做得最多的方法，是将吃剩的米饭或面疙瘩煮熟，放入丝瓜、小青菜之类，两小勺油、三小匙盐调味，但所有的做法少不了用水淀粉勾芡。腻，除了油腻、细腻、厌腻之外，还有一个"黏糊"的饮食手艺。

多年前的乡村灶间，如果用材有细微的变化，一千只铁锅会烧出一千种腻头汤的味道。但一千种味道其实是同一种叫"粗茶淡饭"的味道。那味道也是从清人无名氏嘴边消逝的"守几亩田园，供养老母，村酒野蔬，亦可与知己谈心"的味道。

我大概是会做出第一千零一种腻头汤味道的人。

"菹有秋菰白，羹惟野苋红。"陆放翁一句诗里有两种我比较喜爱的蔬菜：茭白与苋菜。以前按时令不会在同一餐出现，现在是没问题了。苋菜取嫩叶，茭白切细丝，一锅迷人的红腻头汤就舀到了碗里。

我小时候的伙伴们都有绰号，有的叫"烂北瓜"，是因脸上有块藓，有的叫"黑甲鱼"，是因皮肤太黑，最要好的那个因为做事慢吞吞的，被同伴喊作"腻头汤"。至于腻头汤何故有拖拉的说法，我还真是无从谈起了。

亮月饼

剩下的最后一张"亮月饼"，我拿出来看几眼、想一会后，就再放回冷藏箱。这样反反复复地犹豫，是我依稀感觉到它被奶奶做出来的大半年里，越来越像一件遗物。奶奶八十一岁，又病了，人到晚年，病痛如芝麻般密集。我不晓得今年还能不能吃到奶奶做的"亮月饼"，所以这最后一张总也舍不得吃了，它也许就是一份用来纪念的东西，像小时候奶奶送给我的长命锁一样，亮晶晶的……

奶奶做好"亮月饼"的时候，已是每年的中秋前夕。包着焯熟的青菜馅的面团，被奶奶耐心地用指关节摁挤成圆圆的薄薄的饼，两面撒些芝麻，在铁锅上烙一烙。吃的时候，只要铁锅上浇些油，再烙一烙，吃起来又脆又香。在苏南米粥以外的面食中，我最爱吃"亮月饼"了，做起来虽然容易但每年只有在过中秋时吃到，乡下做"亮月饼"不是充饥和美食，而是对寓意时令的尊敬，比如清明糍团、立夏馄饨、腊八粥什么的。反而离开了乡村，我还能一年吃

亮月饼

上几次，想吃了可以向奶奶撒个娇，她会做好捎来。在奶奶眼里，城里什么都有，也什么都没有。

很多年前在昏暗的灯光下，黑白电视机里飘出一首好听的歌，忘记了歌名，也不知道是谁所唱，记得第一句歌词就是"月亮走，我也走，我送阿哥到村口"。想想那状景，也很是美妙。此刻，我想着"亮月饼"，变成了那个还没有阿妹相送就走出了村口的阿哥，若再想想曾经的月上柳梢头那平常一幕，转眼看一看窗外，未免失落。有时候觉得我这个人很无趣，"生年不满百，常怀千岁忧"，眼前老是浮现出一条蚕匍匐在古老的土地上静静地吐丝，那丝连绵不断，宛如中国文化细柔中的大美。

其实我和月亮早已走散了。"数年前我就预感到我不是一个适宜进入二十一世纪的人，甚至生活在二十世纪也是一个错误"，每每想起苇岸在一九九九年五月十三日说过的最后几句话，我就会感到悲伤，我觉得他就是那枚月亮，凝聚着母性的悲悯，"在背离自然，追求繁荣的路上，要想想自己的来历和出世的故乡"。我之所以说和月亮早已走散，是因为我认得的月亮藏在了老家庭院的那口小小的水井里，可那水井已经被"吃水不忘挖井人"的人填掉了。我常在想，我居住的大楼底下，也许就有某个人的故乡、庭院和水井。

我双脚还未直立行走的祖先曾迷惑地看过的、我唐朝的异姓兄弟曾醉人地写过的，与我母语系统里的是同一个月亮，她是孩子的神话、是少年的诗歌、是部落的巫术……是物理的天体，也是农业的母亲，更是你我如今毫不沾边的宗教。你有多久没有好好看一看月亮了？我很久了。偶尔一瞥间，脑子里仅是冒出一个标识性的物词，连用它造句的耐心也没有了。仿佛病了很久，却不知吃的中药一直少了一味。这一味就像是你端午节品尝着各种口味的粽子，早忘了老祖母在乡村土灶边揭开锅盖时那弥漫的芦苇叶的清香。你和我一样，不再关心月亮，不再想起它曾经是我们的语文，一瞥后我们谈的是人间风月，悲欢烟花。

风与月，很美；烟与花，也很美；江与湖，更美。风月与烟花语感上似乎妩媚过了点，唯独江湖，让我想起一面镜子。在那古老的社会结构中，月亮的清辉点染着侠骨柔情，我迷恋的是一琴一箫交织的洒脱。《笑傲江湖》里，岳灵珊说想要星星陪她一起睡觉，令狐冲就给她捉来了萤火虫。乡村多么富有啊，乡村是个有梦的地方。

是谁摧毁了时光？那年低矮平房的屋檐下，我觉得给我一把梯子，我可以伸手摘到月亮了。而今我离泥土越来越高，月亮却离我越来越远。她身边的星星们，也很少出现。我相信还有地方，能够看见它们：天空的碎花。好像清贫，使得我们的精神相对富有。比如一声悦耳的鸟鸣，就可以让我感动好久，并且在梦与梦的边缘坚信着自己的存在。悦耳，可以直接等于采集声音。又想起善良的雅姆的"厚实的小榆树丛里，山雀因心灵/那天真的感动而歌唱"。我寻找歌唱，世界却成了一个嘈杂的哑巴。

那日小满明媚。初夏的月亮虽清瘦却颇有清凉之意。楼下的小池塘，令人惊讶的蛙声此起彼伏，我想念故乡了，想念那些饱满的麦穗。我所认识的那些苦孩子有的已成了富翁，唯有我还在用枯瘦的汉字呈现着故乡曾经的真实。那些成了富翁的苦孩子，有的在城市里造房子，他们从故乡买来粗壮的树，鸟雀们为搬走的祖屋黯然忧伤。这些年，那些树梢上的月亮跟着我生活在城市中，满面风尘，我真想用故乡鲜活的水为她洗回清丽的脸。我和她都喜欢安静的生活。我记得的月亮，是穿粗布的祖母蹲身弯腰，在黄昏的码头淘米，浓浓的米浆渗入池水里，月亮的脸碎了又圆，那么可人。

还是雅姆，那么平静，在"为我死的那一天是美丽而洁净的而祈祷"，他说："我，一个和平的诗人，那一天渴望/在我的床边看到美好的孩子们/黑眼睛的儿子们，蓝眼睛的女儿们……"雅姆，生于一八六八年十二月二日，卒于一九三八年十一月一日，黑眼睛和蓝眼睛里的月亮美丽而洁净，那是法国的月亮，也是中国的月亮……奶奶的亮月饼（豆油、面粉、菜馅），让我看见了月亮下，那些豆苗、麦苗和青菜酣畅呼吸的模样，让我看见了暖暖炊烟的背景下，她萨福般眺望"羊群归栏，孩子们都投入母亲的胸怀"的辽阔温情。

北瓜丝饼

试了几次做"北瓜丝饼",没能做好。面糊的黏稠和北瓜丝的多少老是把握不住,"厚此薄彼"了,吃不出小时候的味道。做"茄丝饼"也是。

我妈来一起住了,和她说起馋"北瓜丝饼",几个小时后(包括妈妈去老屋取一种叫擦刨的工具),晚餐桌上多了两盘金灿灿的"北瓜丝饼"。我饭量向来很小,也能吃下三四个。我妈说再来两块,于是还能再吃个下去。我的胃也装过天南海北了,有时却只有妈妈能打开。

我妈的手很是粗糙,左手食指还切除过一截,除大冬天的会涂抹那种老掉了牙的"蛤蜊油"以抹平皲裂的口子外,再没什么护手的用品。年轻的妈妈们把手养得嫩嫩的,手指却已囿于几寸之地,享用各类来历不明的美味,但,她们喊不来"北瓜丝饼"。妈妈总有我得意的地方。

北瓜是个好东西。乡下人家屋前屋后种了北瓜秧，总会有几根不安分的藤蔓想爬出自留地看看，总会有三两朵花挨近路边悄然落尽，总会有一个果子慢慢鼓胀，差不多半个肚皮躺在了来来往往挑了扁担扛了钉耙的脚旁。道不拾遗，脾气坏的人就随脚一绊，将它甩一边去，落单的北瓜就被忘在了角落。

如果这个北瓜熟透了，我也懒得抱回去。若还是墨绿色的，觉着烂了可惜，我会把它翻好身，摘了，握住毛刺刺的瓜柄，像拎了一个扁圆的公章。

北瓜和南瓜几乎混作一谈，都喊饭瓜，我们那儿还是把北瓜和南瓜分了下。南瓜葫芦形，想起它时已是橙黄橙黄的了。北瓜不同，嫩的时候就可摘来做饼吃。熟透了，去瓤切块，和大米一起煮，叫"北瓜饭"，饭也会甜津津的。北瓜大部分是吃不完的，用来喂猪。

有人把北瓜喊南瓜，我原本没什么可说的，但把北瓜丝饼叫作南瓜饼，我内心似乎是不愿意的。南瓜饼是把熟透了的南瓜去皮蒸熟，捣成泥状，加白糖和糯米粉拌匀，揉成面团。再分作多块搓成一个个圆球，用掌或指关节轻轻压扁成饼胚，起油锅后，用小火慢慢将两面煎成金黄色，就可以上碟了。

北瓜丝饼用的是略嫩的北瓜，不去皮，洗净，切块，擦丝（在一个四周是木框、中间固定了一张凿了许多圆洞眼的铁皮的擦刨上

164

完成）。一条条北瓜丝落在擦刨背面的盆子里，加上细盐抓揉，沥掉水分，倒入面粉糊和鸡蛋搅拌均匀，筷子提起时北瓜丝的尖尖还能看得见。放少许油起锅，舀一勺面糊进去摊平，烙成金黄再翻个面。

也可以像妈妈这次的做法：倒入小半锅油（自己种了大豆从乡下油作坊里换来的豆油），用手大致捏个饼状，放滚油里炸。无论煎还是炸，火候得拿捏好，北瓜丝一头的绿皮透在黄澄澄的饼两面很是勾人胃口。

南瓜饼甜，北瓜丝饼咸。我已经是一个不再爱甜偏于咸淡的人。南瓜饼看起来富贵、讲究，吃起来也粘口，和北瓜丝饼的松脆完全不是一回事。

我会把北瓜丝饼越做越好，摆好一碗大麦粥、两块北瓜丝饼的怀念结构，多年以后，我这样的老头，还总能看见妈妈在灶头旁张罗几张饼的样子。

阳春面

没读到一篇好好写阳春面的文章，有一丁点遗憾。

听说过陕西有种面，发音是"biáng biáng"面，有几回可以尝尝却放弃了。那面的名字字典里找不到，我对着它画，画了五十几笔，画完也就没了吃的欲望。

阳春面这名字很好听，很温暖。它其实还有个更日常的叫法：光面。一喊光面，好像一下子没了诗意，送信人快到眼前突然折身而返，挺好的风光换成了秃秃的岩石。

以前的中学课本里有篇课文《一碗阳春面》，记得是大年夜母子三人一起吃一碗面的故事，不知道现在的课本里还有没有这篇文章。再去找了找，是一个日本作家写的。我在想，日本也做阳春面吗？原来《一碗阳春面》也翻译成《一碗清汤荞麦面》，想来有相似之处，都是清汤。

我的孩子做作业晚了，一饿就让我给他做东西吃。问他想吃什么，多半说想吃红汤面。几分钟后，看他边吹热气边往嘴巴里夹面，我就十分满足。儿子说，爸爸做的红汤面最好吃了。

红汤面就是阳春面，比白汤面多一小勺酱油而已。至于如何做法，《灵魂摆渡》里有句台词："一把细面，半碗高汤，一杯清水，五钱猪油，一勺桥头老陈家的酱油，烫上两棵挺括脆爽的小白菜。"只可惜老陈家的酱油找不到了，所以，桌子上出现的是一碗白汤面。

高汤呢，适合面馆，得用猪骨头或老母鸡什么的熬上半天。更多时候则像唐鲁孙所写的《白汤面和野鸭饭》那般讲究，"煮白汤面的原汤，是把鸡鸭的骨头架子、鲫鱼、鳝鱼、猪骨头、火腿爪放汤大煮，所有骨髓都渐渐融入汤里，煮到色白似乳，自然味正汤浓"。自家做阳春面用高汤，太费时。其实有猪油就够了。一碗面汤里哪怕只要筷子沾上一尖，那味道便截然不同了。我家常年不缺的一样东西就是猪油，买上一大爿猪板油回来，切成小块，在铁锅上慢慢熬，等它缩小成渣，猪油就装入陶罐冷藏起来，脂白如玉，一罐猪油可以用上一段时日。油渣留着，可以炒白菜，也可和焯过的青菜一起剁碎，做馄饨馅，那个香，想起来就咂嘴。

若家中没有猪油，我是绝对不做阳春面的，儿子再吵吵，我也只会想法子弄点其他的东西给他填肚子。猪油是面汤的灵魂。

还有，缺了葱花或蒜叶，我也不太想做阳春面。面也有一张脸，没了眼睛，总觉得怪怪的。

譬如"烫上两棵挺括脆爽的小白菜"，那算是浇头了，对我而言可有可无。阳春面分白汤和红汤，浇头的种类实在太多。三四块钱一碗的阳春面，我有的朋友可以吃成几十块、上百块：加份鳝丝，加个猪蹄子，再加碟红烧排骨、草菇……我吃面永远不超过十块钱，因为浇头我只选一种：雪菜肉丝。遇上好时节的话，雪菜肉丝里还夹炒了嫩笋尖。

我的阳春面大致是这样的做法：大碗里放盐，葱花（蒜叶），酱油（也可不放），一调羹猪油，水烧滚后盛入半碗，银丝面条丢进锅中，可根据面条软硬的口感喜好一沸两沸三沸，然后用筷子挑出一折三回叠入面碗。

一碗阳春面，有湖水、绿萍，若再加个嫩嫩的肚儿透黄的水潽蛋，更有了落日的妙。儿子说，爸爸做的红汤面最好吃了。

炒　米

　　无意间从办喜事人家回赠宾客的小礼盒中翻到一包"泰国炒米"，从未见过。很小的袋装，大概也就四五克重，随手拆开倒入掌心，米粒金黄而细长，看起来有几分诱人，捏了几粒尝了下，又脆又香，味道出奇地好，于是一把灌进嘴巴。再翻，盒中除巧克力、卤蛋什么的，再没有第二袋。空包装上印的"营养成分表"——能量、蛋白质、脂肪、碳水化合物、钠的比例——并不是我关心的，找了找生产地：浏阳市。去了几家专卖各地零食的铺子都没买到，只能让一个爱吃零食的朋友帮忙，果然，几天后她就送来了。足足有几百小袋，包装有五种颜色，分别是牛肉味、鸡翅味、五香味、蛋黄味和香辣味。我不怎么能吃辣，但这五种口味中香辣味最好吃。

　　这种炒米据说湖南、湖北、内蒙古、安徽等地都有，不知道怎么个做法。

我们那的炒米与这种炒米完全不是一回事。这种炒米大概是将米蒸熟后再"炒"，炒出来后只是比没炒的米粒略大；我们那的炒米用的手艺是直接将米粒"爆"熟，籼米、粳米都行，爆出来后比没爆前的米粒大好几倍。也就是后来所说的"膨化食品"，常见于电影院，用升斗状纸盒装，那种爆米花的原料是玉米。

"啪炒米喽——啪炒米喽……"记忆中总有一个上了年纪的黑脸汉子村头巷尾喊着，在被喊停的那户人家屋檐下放下担子。这个行当的人我们直接称为"啪炒米佬"。担子一边是啪炒米的炉子，另一边是装煤的木箱，木箱下层是与炉子相连的风箱。啪炒米佬收拾停当，点好煤炉，将那户人家的米倒入掀起的大肚子铁炉中，加点糖精，盖好盖子，放平稳。一手摇黑葫芦形的铁炉，一手拉起风箱，火苗一舔一舔的，与铁炉的转动节奏十分默契。随后，村里的妇女小孩们纷纷挎上装米的淘箕或袋子来一一排队。那情形像范成大记录的吴地风俗："上元，……爆糯谷于釜中，名字娄，亦曰米花。每人自爆，以卜一年之休咎。"

记不清多长时间了，大概十五二十分钟的样子，啪炒米佬看了下压力表，说声"要啪啦"，然后将炉膛伸进麻袋，麻袋底加缝了只布袋。孩子们见此情景会按紧耳朵。啪炒米佬的小腿往那根杆棒用力一叩，"嘭"的一声，布袋胀得鼓鼓的，一锅炒米啪好了。他拎起布袋上下左右晃晃，基本上一粒不剩地倒给主人家，然后啪下一锅。而今想想有趣，我们那里的爆竹响两声，一声"嘭"，一声"啪"，而这个过程叫"啪炒米"，用了第二声，其中响的是第一声。

炒米啪好回家密封起来才脆，可以吃上好几天，孩子放学出去玩会抓上一裤袋，一边玩一边摸一小把塞嘴里。有时大人劳作回来饿了来不及烧饭，先用开水泡碗炒米，略加点糖，方便。当然，最好吃的是炒米糖。将炒米倒入方形的木盒，加点黑芝麻和红糖汁拌匀，用一种木推（类似于瓦匠用来刮水泥的工具）慢慢压实压平整，然后用刀切成一块一块的长方形。十岁前，有红糖的食物是多么鲜甜啊。

后来还见过一种更为复杂的机器，啪炒米不是一粒一粒的了，米倒入铁斗中，马达一响，下面出口处，是空心的管状炒米，每隔差不多三十厘米时折断。颜色可以是白色，也可以是淡黄淡绿淡红，那时不懂什么色素，估计吃了对身体没什么好处。唯一的乐趣是，我们可以边当兵器玩边咬一口，把"剑"咬成"匕首"，再咬到一下可以塞进嘴巴。

翟业军兄给我的散文集《草木来信》写过一篇文字《寻常的，拒绝拔高的》，他说我的写作是人道的，这里的人指的是寻常人，因为寻常草木就是寻常人的恩物。其中还提到郑燮的一段家书："天寒地冻时，穷亲戚朋友到门，先泡一大碗炒米送手中，佐以酱姜一小碟，最是暖老温贫之具。"他说，寻常草木就像一大碗炒米，正是"暖老温贫之具"，张羊羊的写作亦可作如是观。

我不晓得郑燮的家书中提到的炒米与我说的是不是一种，板桥先生是兴化人，离我出生的地方并不远。我们泡好炒米是加点红糖，他则佐以酱姜，可能只是口味不同罢了。

馄　饨

外甥女回来过年，看见厨房筛子里的馄饨说，舅舅，我想吃云吞。我愣了下，就乖乖地用馄饨给她做"云吞"了。当然，我的做法令她很不满意，就像她拿个土豆让我做青椒土豆丝一样很不满意，一个劲地问我怎么做成这样呢。外甥女叫张闽苏，名字是我取的，两个地名镶嵌在她一生的符号里，多少可以看出一点痕迹。小姑娘十二岁了，在江苏待过的日子加起来不超过三个月。所以，也不能怪她把妹妹从小爱吃的食物喊成"云吞"。我一想起妹妹家里闽南方言和吴侬细语之间的"战争状态"就偷着乐，说话跟吵架似的。

闲来无事，我也是个爱包馄饨的人。去面铺买三块钱面皮，再买五块钱蔬菜做馅，个把小时就能捣鼓出五六十个馄饨来。够三个人晚上吃一顿汤馄饨，还够第二天早餐吃上煎馄饨。小吃店一碗馄饨有十只，卖八块钱或十块钱，我用八块钱的成本，加点时间，可以吃上六碗馄饨，一琢磨，好像赚了，就感觉很快乐。其实我还真不是去算这种账过日子的人，自己包的馄饨可以做家人最爱的口味，过程也很享受，就像有人喜欢在阳台上种盆小葱、几棵青菜一样，最重要的是，爱人吃我做的馄饨夸赞起来和瞿秋白对中国豆腐的评价一个等级。

做馅的蔬菜我只在三种之间轮流，青菜、荠菜和韭菜，分别配上猪油渣、蘑菇和虾皮。至于为什么选这三种蔬菜，可能因为偏爱的缘故。至于为什么是这样的搭配结构，有些是从父辈们那里学来的，有些只是个人的创意。谁说青菜就不能搭配蘑菇、荠菜就不能搭配虾皮？完全可以。我只是喜欢日常生活中有些稳定的部分。但，韭菜配猪油渣好像不太说得过去。

李笠翁谈蔬食时，把葱、蒜、韭放一起比较，他说对待它们的态度是有区别的：蒜是永远不吃；葱虽然不吃，但允许用来做调料。韭菜则是不吃老的而吃嫩的，鲜嫩的韭菜，不止不臭还有清香，就像孩童的心纯洁不变一样。我对韭菜的感觉和李笠翁出奇地接近，但对蒜叶则完全不同，冬日里一道蒜叶炒咸肉丝是上酒馆必点的菜。况且，蒜叶和葱有同样的功能，调馄饨的汤料时，撒撮切好的葱花或蒜叶，绿绿的，心情也好很多。这样说来，葱、蒜、韭完全可以在一只青花瓷碗里相互成全。

说到李笠翁，我总会想到另一个吃货袁子才，他有没有吃过馄

馄饨

饨呢？翻《随园食单》，有记录，那也就算吃过了。他提到《肉馄饨》，简单成六个字"作馄饨与饺同"，我倒是怀疑他究竟吃没吃过馄饨了。起码，你也得提提馄饨的形状吧。我也知道馄饨和饺子差不多，一张面皮一勺馅，面铺里的馄饨皮是顶边长约五厘米、底边长约七厘米的等腰梯形，饺子皮为直径约七厘米的圆形。我不爱吃肉馄饨，所以常以蔬菜为馅，我觉得馄饨是属素的，饺子属荤。它们于我眼里，一个隐约可见南方姑娘的绿肚兜，一个则像北方汉子的大肚腩。

有人喊我去吃饺子，我一点也不习惯，我还是去吃馄饨吧。起源于北方的馄饨怎么在南方普及起来的？这个问题我想不明白。家乡有一种树，从小我就喊它"馄饨树"，它的果实很奇怪，样子和馄饨差不多，每一串果实上有十几二十只"馄饨"。馄饨的形状是不是由它启发而来呢？树肯定比人活得久远一点，先有树是肯定的，"馄饨树"的喊法有多久了不得而知，我也不想再去考证。长大了我才知道，这种树的学名叫"枫杨树"，也就是苏童小说里常以之命名的一个乡街的名字。

其实吧，我们这馄饨分两种，很简单，个头大的叫大馄饨，还有一种小馄饨。我以上所说的是大馄饨，和面、饭、粥一样可以当主食，小馄饨则有点类似每次去南京都想尝尝的鸭血粉丝汤，属小吃系列。我不爱吃肉馄饨，但小馄饨是只能以肉糜为馅的。六厘米左右的正方形面皮，稍微揩点肉星，随手一抓就可以了。三块钱面皮、五块钱肉馅可以做两三百只。所以，大馄饨像大人，要讲规矩，包起来有一个抵达形状的过程；小馄饨就像孩子，很随意。因为我喜欢孩子，所以对小馄饨有说不出来的喜欢。我包的小馄饨还是小时候的味道，爱人说小吃店是完全吃不到了，吃小馄饨吃的是面皮与汤的滋味，不能被肉味给替代了。说到小馄饨，我的眼前就会浮现出儿时跟妈妈赶集的情景，天蒙蒙亮，母子俩面对面吃一碗小馄饨的清早。

记不得儿子第一次吃小馄饨时多大了。每次上街吃饭，问他想吃什么，总是很简单，爸爸，我要吃小馄饨。好像没什么追求。而今的小馄饨，只是形状上比大馄饨小了点，包的肉也多了点、紧了点。小馄饨是我无比信任的民间手艺。老街还能找到几个接近二十年前味道的小馄饨摊，虽味道大不如前，但能唤醒我记忆里的那个小馄饨摊子：一张简陋的四方矮桌、几只着地不平整的小凳子。曾是中年妇女的主人现已满头银丝，她依然麻利地左手捻、摊起薄薄的面皮子，右手捏筷添上一星点猪肉糜往面皮子上一抹，左手再抓合……如此反复，十几二十只包好后摔入手推车上的锅中。大海碗里有盐、味精、猪板油、青葱以及胡椒粉，沸水冲开，馄饨起锅入碗，口水早已溢出。小勺舀上一只塞入口中，烫。舌头左右拌两下，咽下去，第二只，鼻涕淌下。过瘾。老街已焕然一新，流行的格调和色调，美其名曰：步行街。我是个喜欢整齐的人，整齐的旧，整齐的新，最怕的是上着唐装下穿牛仔裤。街上卖小馄饨的地方都打着"正宗海鲜馄饨"的招牌。我承认你的海鲜不假，可与这片地域上的小馄饨有关系吗？馄饨的皮与馅变成了混血儿，这种整齐多少让我有点失落。

一直有个简单的心愿，带上外婆、妈妈和儿子一起去找个四代人都喜欢的小馄饨摊尝尝，无奈外婆九十三岁时溘然长逝，四代同堂共享小馄饨之味终究是梦了。遂想，简单的事想做尽早去做，晚了终成憾事……那细盐、香葱、胡椒粉杂陈的悠长味儿。

油 条

油条搭白粥、大麻糕搭豆腐汤，这是我最爱吃的两种早饭，我们那也常见。也有人油条搭豆腐汤、大麻糕搭白粥这样吃，我偶尔也这么吃，味道未必不好，个人习惯罢了。

细长的面团往沸油里滚几滚，肚子就鼓了起来，夹起来放进铁篓格子，稍微晾半分钟，金黄、喷香、松脆。但不能放久，放久了会变成软绵绵的，一点也不好吃。有种饭团，包了这种软了的油条，我爱人欢喜吃，我尝过，还不错。

因为面团炸之前用细木棍压过两道，所以油条可以一掰两半，两片又可以分成四片，这是小孩子的吃法，小孩子嘴巴小，整条的塞不进去。

不过，我也是这么吃的，吃油条应是享用，不像赶活的人，不掰，直接塞嘴里一口一咬一拉，像是啃甘蔗。再喝两三调羹豆腐汤，几下子就吃完了。

油条

梁实秋写北平油鬼，不叫油条，因为根本不作长条状，主要的只有两种，四个圆泡连在一起的是甜油鬼，小圆圈的油鬼是咸的，炸得特焦，夹在烧饼里，一按咔嚓一声。离开北平的人没有不想念那种油鬼的。外省的油条，虚泡囊肿，不够味，要求炸焦一点也不行。

油鬼的说法也许源于"油桧"，民间传言与秦桧有关系，这个就不说了。虚泡囊肿？对梁先生的说法，我也只能笑笑了。油条若不是长条状，变成圆的，我大概见了也不想吃。就像同样的面皮和馅，我欢喜馄饨的形状，不欢喜饺子。这可能是北方人和南方人的区别。

我离太湖近，所以能吃到"银鱼油条"，即油条里包了太湖三白之一的银鱼做馅，那个口感真是鲜香。我敢说北方人吃不到，吃了一定是不想放筷的。

火锅里也在涮油条了，看了，觉着真是瞎吃吃的。

春　卷

一闲下来，我妈喜欢包点馄饨、裹些春卷，变变口味。她欢喜吃，我也欢喜，当然更多的是因为我欢喜吃。

皮是自己在铁锅上摊的。春卷皮较松，不像馄饨皮、饺子皮，擀得很实。春卷得透气，馄饨、饺子似乎不用透气。

馅主要是青菜，剁点肉糜，也有用萝卜丝的。春天时选料则常用韭菜、荠菜。以前爱吃豆沙春卷，因为喜欢甜，现在几乎不吃了。至于全用肉做馅，我嫌它太荤。南方的春天太富裕，不像北方，吃来吃去就是大白菜，原本就该素些。人们喜欢随口就来句"人间有味是清欢"，却不知"雪沫乳花浮午盏，蓼茸蒿笋试春盘"都是好东西。

春卷也有地方叫作春盘，"盘"给人的直觉是平整，和"卷"完全是两码事。宋人提及春盘的实在太多，陆游、晏几道、方岳、张耒……黄庭坚更是一口气写了好几首关于春盘的诗。春盘、春饼、春卷都与时令的气息有关，相互间自然有渊源。《枕草子》写道："正月七日，去摘了在雪下初长的嫩菜，这些都是在宫里不常见的东西，拿了传观，很是热闹，是极有意思的事情。"清少纳言说的嫩菜指春天的七种草，荠菜、繁蒌、芹、芜菁、萝菔、鼠麹草、鸡肠草，正月七日采其叶食作羹吃。其时同于中国的宋朝，两地的吃法虽不一样，好食材是不在乎做成什么形状的。

到清时，《调鼎集》里记载的春卷是"擀面皮加包火腿肉、鸡肉等物，或四季时菜心、油炸供客。又咸肉腰、蒜花、黑枣、胡桃仁、洋糖共碾碎，卷春饼切段"。这个做起来太麻烦，很多好吃的东西未必要如此复杂。

一簇韭菜，一棵麦子，一株大豆，一个做了馅，一个做了皮，一个做了炸的油，相互成全，简简单单，却很有意思。

在山西潞城吃到一种"驴肉甩饼"，香喷喷，油汪汪，用面皮卷上肉制品和凉拌、炒熟的菜肴。他们也喊作"春卷"。

沈从文先生回忆，六岁时和两岁的弟弟同时出疹子，日夜发着吓人的高热，家人已经给他们预备好了两具小小的棺木，"两人当时皆用竹簟卷好，同春卷一样，竖立在屋中阴凉处"。这个比喻很是形象，但读了，一时不想吃春卷了。

油炸嗞

她们都有好手艺。奶奶的亮月饼，妈妈的北瓜丝饼，婶婶
的……

婶婶做的一种点心，我们那的喊法我不晓得如何用准确的汉字
写出来。看见庞余亮兄贴了张图片，说叫油端子。我就借了这张
图，问问各地的朋友这种油炸食物叫什么。丹阳的说叫油糍糍，溧
水的说叫油池子，高邮的说叫油端子……至于好些朋友说叫虾饼、
萝卜丝饼、铜鼓饼之类，只是样子差不多而已。

唯有一个与我出生地很近的老同学说叫"油撒士"。这个名字
最接近方言的喊法，但如果用撒的话，似乎更应该用徽。

矮小个子的我，在土灶边钟摆似的转动着头，看婶婶那么娴熟
地炸着这种东西：花边形的油端子横放入油锅预热一下，取出倒去
油，调匙舀一些面糊垫满模子底部，再放青菜馅或萝卜丝馅，再覆
以面糊入油锅炸至黄褐色，取出来沥去油，吃起来鲜香咸脆。

184

鼓鼓的圆肚子透出几丝翠！

喊它虾饼、萝卜丝饼、铜鼓饼等都没问题，味道差不多。我之所以为方言寻找一个较为妥帖的书面语，其实只是为婶婶的一门手艺多留下一点念想。"油炸糍"包含的意思似乎更接近本源些，但一想这种食物用的是面粉，而不是比较粘糯的米粉，最终定为"油炸嗞"——一个少年心中的私人版本，油端子盛好面糊放入油锅时，那动听、连绵的"嗞嗞"声似乎在我的口水边荡漾。

馓　子

　　偶然读到清人刘琬怀的《望江南》（其二十九）："江南好，风味不寻常。席上春盘青笋嫩，茶边寒具玉兰香。那免一思量。"江南不寻常的风味太多了，这画面还真是有点简朴。不过，合我口味。对青笋（莴苣）之爱自不必说了，两道点心也是我非常爱吃的：春盘（春卷）和寒具（馓子）——据诸多考证，恰切地说，春卷属于春盘的一种，馓子属于寒具的一种。

　　转而一想，点心如此熟悉，和刘琬怀似是乡邻。一查，果然，阳湖人。资料甚少，又是一个生卒年不详的女子，嫁给了金坛一个叫虞朗峰的人。母亲是虞友兰。有意思的是她有个哥哥叫刘嗣绾，字简之，和我孩子的名字一样。刘琬怀有《补栏词》，已买不到，从旧书网上看到影印本，上面有段跋文："昔年家园中有红药数丛，台榭参差，阑干曲折，与诸昆仲及同堂姊妹常聚集其间，分题吟咏，填有长短调六十阕，名《红药栏词》。后置之架上，忽尔遗失，

186

未知何人将覆瓿耶。每思及，甚懊恼，仅记得数十首，余竟茫然。今来京邸，闲窗独坐，怅触无聊，将所记录出，又成数十阕，为之补栏，续成前梦，亦不计其工拙，聊自一叹耳。琬怀记。"

此为题外话。只是读到此段，我能隐约看见一个惆怅的女子在吃着春卷和馓子。

馋馓子了。买回一盒"金丝馓子"，比小时候吃的细而密。大手掰这种小馓子，与以前小手掰大馓子的感觉完全是不一样的。这个馓子产自徐州，蝴蝶外形，脆的确脆，至于"脆如凌雪"的味感我倒是没有。《齐民要术》中记有细环饼、截饼：环饼一名"寒具"，截饼一名"蝎子"。皆须以蜜调水溲面。若无蜜，煮枣取汁，牛羊脂膏亦得；用牛羊乳亦好，令饼美脆。而那种截饼纯用乳溲者，就有"入口即碎，脆如凌雪"之感。我有点搞不清到底环饼是馓子还是截饼是馓子了。宋人吴自牧在《梦粱录》写过杭州"夏月卖义粥、馓子、豆子粥"的早市和"冬闲，担架子卖茶，馓子慈茶始过"的夜市，他老是关注馓子，兴许也是一个喜欢吃馓子的人。他还多次提到一种看盘，列了"环饼、油饼、枣塔"，很明显，环饼和馓子肯定不是同一种食物，看它们的叫法，光是形状就有很大的区别，可能都属于"寒具"。

幸好的是，"金丝馓子"的配料写得明明白白：小麦粉、水、食用盐、大豆油、黑芝麻。不像桌上那袋"苏打饼干"，大塑料袋装了十四个小塑料袋，每个小塑料袋装了四片饼干，还很诚实地写上食品添加剂，有一连串磷、氢、钠、铵等化学元素的字眼，一会儿石头偏旁、一会儿金属偏旁，看了心堵。

馓子盒上印了个图，老奶奶在做馓子，小孙女坐在一旁乐呵呵的。上面还有一首苏轼的《寒具》："纤手搓来玉数寻，碧油轻蘸嫩黄深。夜来春睡浓于酒，压褊佳人缠臂金。"苏轼在徐州任过知州，能为一民间小吃写诗，看来对馓子也很喜爱，还写出了点情欲味。但我对苏轼这首《寒具诗》有点生疑，因为我读过刘禹锡类似的《寒具》，后经查证，刘禹锡不是这首《寒具》的作者，它是苏轼的作品。

馓，零散的食物。因了"梳妆"的手艺，像妇人的发髻。和油绳不同，油绳是两根面团拧几下炸的，也叫麻花，小女孩梳的辫子就叫麻花辫。

徐州的馓子吃法很多，可以凉拌吃、泡着吃、卷着吃、炖着吃。小时候吃油绳倒是泡上开水加了红糖吃过，馓子我一直是用手一根一根掰了吃的。恰好，数日间去了山东、山西及徐州，桌上竟少不了一道馓子，再摆上蒜叶、葱、黄瓜丝、肉丝、西兰花、酱之类，甚至还有几片咸鸭蛋，都是用面皮卷着吃的。我也学着卷了，很有仪式感，味道还真不错。

不过，馓子我还是乐意一根一根掰着吃，感觉在数着我的小时候。我的孩子也像我这样吃馓子，一边吃一边翻着新买的书，每页都有个油腻腻的小指印。本想提醒他几句的，还是算了吧，我都活到了能背陆游《西窗》诗"看画客无寒具手，论书僧有折钗评"的年龄，也挺无聊的。

摊　饼

　　我在《麦子》里写过面粉在故乡的几种吃法，其中就有摊饼：面粉和水搅拌成糊糊状，起火热锅，抹灶布抹一遍铁锅。因油贵，加入数滴润一润锅。舀一铜勺面糊沿锅浇一圈，已具雏形；用菜刀（指炒菜的长柄铲刀，切菜的短柄刀称薄刀）把积聚到锅底的面糊摊匀，直至摊饼熟，起锅如锅状。

　　和面粉时如果没加盐，在摊饼快熟时撒半调羹红糖，红糖化开渗入饼内堪称美味（那个年代我们对于糖或者直接点说对甜的欲求远远大于咸）；如果把摊饼切碎，放入油、盐、酱油、味精，加入韭菜，叫炒摊饼，这一种吃法我不晓得有多少地方会这么做；还有"千层摊饼"，千层是夸张了点，正因为夸张愈加说明对于年月来说的奢侈。摊这种摊饼耗油，每一层都摊得细薄，贴锅的那面翻过来再浇上油，摊一层面糊，如此反复，应该有五六层吧。千层摊饼因黑芝麻的参与就更香了，一锅千层摊饼吃之前还被认真地切成好看的菱形。

炒摊饼是我们这家常菜馆几乎不可少的，可当菜下酒，我把它当主食吃，比小笼包、咸泡饭、煎馄饨好吃多了。

想起小时候几个小伙伴之间的一桩事来。几个人都吹牛自己摊的摊饼最好，之后你摊一锅他摊一锅，结果是没人摊出一锅像样的摊饼，都扔进了猪食桶，这在大人眼里是近乎"作孽"的事。至于在哪个小伙伴家用掉那么多面粉得挨多大一顿揍，脑瓜子和屁股上的疼怕是他看见摊饼就会回到当年现场。

至此我又想起，以前，我有一个"菱形"的爸爸。柴火在灶膛"哔哔"作响，他往铁锅上洒几滴豆油，用布抹上一遍，调匀的面糊开始摊千层摊饼，他摊的千层饼真的比奶奶摊的还好吃。他那么细致地把饼切成差不多大小的菱形……而今的阿尔兹海默症令他方向都辨不清了，更不用说摊好千层摊饼然后把它切成方形还是菱形了。

麻 糕

麻糕，或者确切地说大麻糕，大多数地方喊烧饼。泰兴的黄桥烧饼就很好吃，咸鲜松酥，只是个头小了点，顶多两口就可以吃完一块。

老有人爱追溯历史，说常州大麻糕起码一百五十年了，因为洪亮吉写过"白云溪倪婆制糕，葛仙桥汪三制饼"。我翻《洪亮吉集》也没找到饼是麻糕的说法，那饼说不定是"虾饼"，常州的"虾饼"也很有名的。我看黄桥烧饼也说有一百五十多年历史了，其实这两种东西的食料、做法差不多，只有大小之分而已。真要寻根，《齐民要术》是本很好的出生证。

常州大麻糕椭圆形，所以也有叫它"草鞋底"的，很形象，这喊法主要是因为那时吃大麻糕的大多是那些穿草鞋干体力活的人。

我的文友很多，时常收到各种礼物。比如雍措会给我寄康定的鲜松茸，赵勤会给我寄新疆的糜子酒，黄璨会给我寄甘肃的"三泡

麻糕

台"，我回寄些什么呢？常州的萝卜干还是大麻糕？好像只有梳篦还算可以拿得出手的东西。如果我寄盒大麻糕给贾浅浅，说这是我们常州的特产，她大概会啃了两口皱了皱眉嘟哝一句："没法和肉夹馍比。"

因为，我看见"常州大麻糕"字样也会头皮发麻，口干舌燥。

在我老家西夏墅镇上一条巷子口的大麻糕摊上，依然摆放这些器具：面缸、擀面杖、馅操、刷子、撩里、桶炉和铲子。做麻糕的师傅熟稔地完成和面、醒面、搅拌、揉搓、成形、烘烤的工序。上等猪板油、上等白面粉、优质脱壳白芝麻——麻糕，我自小钟爱的椭圆形：香脆松软、馅酥味鲜、葱香扑鼻。烘麻糕的圆柱形铁炉，炉内表是积得厚厚的坚硬灰泥，将反复擀捶擀扁、皮薄中厚的糕胚贴入烧热的炉内，小火烘烤，四五分钟铲出。这里制作考究，注重火候，做出来的麻糕，虽没有金黄色的神韵，可层次分明：先剥一层芝麻脆皮，然后揭了很薄很酥的一层油皮，再揭很有咬头的一层面皮，再揭中间有味道的一层馅皮，再一层馅、一层面、一层油、一层脆底。皮薄酥重，口感独特。不像流水线上纪念品式批量产的常州大麻糕，基本上只剩虚名：芝麻少、面皮僵、油馅薄，一块麻糕就三杯水还咽不下去，让人生恨。小巷口制作麻糕的师傅，就像《貂之舞》中的"提拉抬爷"，有耐心，愿意消耗体力，为了证明自己还活着，还有用，还够强壮，还没有老……事实上又不得不老了。

五毛、一块、三块、五块、八块、十块，我所熟识的"椭圆形"大小没变，价格不断涨，我担心的是，十五块还没到来的时候，这好手艺又被丢了，想吃也吃不着。这不，再次到街头寻觅之时，已经找不到。有的也只是电烤箱做的麻糕，长方形，小，每个一两块钱，便宜，却没有了远古记忆传递而来的炭火气息。

常州大麻糕是桶贴的大麻糕，得一出炉就吃，哪怕我从麻糕摊拎到家，耽搁了十几分钟吃，就已经不太令人满意了。那十几分钟恰恰是就着一碗热腾腾的豆腐汤享用完一块大麻糕的最美好的时光。

虾　饼

对于虾饼，可以说我是爱不释口的。不好意思，我第一次改了个固定的词语。可能是觉着用爱不释手不太够。虾饼不大，薄薄的，我这么瘦的人也能一口气吃上三个。

有个说法，虾饼最早流行于江南地区，作为特色传统小吃，江苏省常州市的最为出名。一个东西冠以"最"又与自己的籍贯相关，这尤其让人开心。虾饼的形状像腰鼓又被称为"铜鼓饼"，我一开始一直不晓得这个名字。有好几次路过虾饼摊，我鼻头嗅了几下就凑过去，朋友问我做啥，我说买几个虾饼吃吃。他们探头一看，哦，不就是铜鼓饼嘛。

几回下来，我就记住了这个名字。他们的口气轻描淡写，不知道我是多么喜欢吃，或许是除"亮月饼"之外我最爱吃的面食小吃了。外脆里软，香鲜得很。

说是虾饼，实际上就是面糊里夹了两三只小河虾，和萝卜丝饼做法差不多，多了虾而已。我倒反而觉得萝卜丝饼简单，虾适合盐水煮下或油爆，夹面粉里炸过，有点偏老。而且，吃饼时，河虾的须嵌在里面，老是戳痛舌头和上颚。可没有那么一两只虾，它就不能叫虾饼了，就是萝卜丝饼、北瓜丝饼。

虾饼炸好，得沥干油，要不，一口下去，油都溢出来，会腻。

《随园食单》载："虾饼，生虾肉，葱盐、花椒、甜酒少许，加水和面，香油灼透。"可能两百多年过去了，我故乡的虾饼没有放花椒，甜酒的味道也辨别不出来。至于生虾肉也没遇见，明显虾壳没有剥啊。而且，虾饼是一年不如一年好吃，做虾饼的人变年轻了，虾饼就老炸焦煳了。

扬州有"金钱虾饼"，虾当然少不了，又多了肥膘肉、荸荠、火腿什么的。扬州以前过于繁华，连炒饭都过于张扬了。我不喜欢"扬州炒饭"和不喜欢"金钱虾饼"一样。

豆　腐

　　见妈妈供养祖宗的菜品中，豆腐是总不能少的。问及为什么不可以缺豆腐，她说上代传下来的，不能不用。想到"菽水承欢"这个善良美好的词语，日子再怎么清贫，做晚辈的也要好好地孝顺老人。我看那桌被祭的祖宗里，爷爷是辈分最小的也是我唯一见过的，他活着时，从未听见过大豆还有转了基因的说法。被他供养的先人面前的那碗豆腐，豆也完全在"菽"的年月。现在，他被供上这样一碗豆腐，当然，摆在他位置上的筷子从没有举起过，仪式中他仿佛夹了块。供养完后，那碗豆腐还是我们这些活着的人吃完了。

　　豆腐，似乎代指了一个时代的清苦中国。若说起往后岁月厨艺中的豆腐，就摆在了美食的宴席上。别的不说，一道蟹黄豆腐，大概已和《红楼梦》里"茄鲞"的做法有异曲同工之处。还有各种我没见过的花样，我是无法想象这个国度在饮食上的"灵感"的，

豆腐

比如泥鳅钻豆腐：水里的泥鳅被煮着煮着发现豆腐清凉，是避难的城堡，最后和豆腐相互成全。

"最后……俄国高尔基的《四十年》《克里摩·萨摩京的生活》，屠格涅夫的《罗亭》，托尔斯泰的《安娜·卡列尼娜》，中国鲁迅的《阿 Q 正传》，茅盾的《动摇》，曹雪芹的《红楼梦》，都很可以再读一读。"一九三五年五月二十三日，瞿秋白列完上面一串书单后，还说了句，"中国的豆腐也是很好吃的东西，世界第一。"

我不晓得异国他乡有没有豆腐这道食物。瞿秋白说中国豆腐很好吃，那是他的口味，说世界第一，也谈不上吧。辞世前念念不忘那豆腐，听起来意味深长，像是自喻。瞿秋白吃的豆腐是什么做法？有人考证瞿秋白就义地点，说他指的是长汀的卤水豆腐。瞿秋白是我老乡，江苏常州人，个人觉得即便是"世界第一"也应该是家乡的豆腐。"胡马依北风，越鸟巢南枝"，何况一个将死之人？常州豆腐汤，取嫩豆腐、猪血、百叶丝、豆渣饼（也可不放，但这确是常州独有），煮好勾芡撒葱花，咸淡相宜，赏心悦目，一碗豆腐汤加一块铁皮炉烘烤出来的大麻糕的早餐结构，我倒是想夸句"世界第一"。

不能肯定瞿秋白有没有喝过常州豆腐汤，但家乡冬至日风俗的一道菜总归吃过吧——胡葱笃豆腐。豆腐偏老点，不加任何肉类，就大胡葱切段放一起焖，文火炖，有"笃"的耐心，出锅就是特有的香。那豆腐"笃"得蜂窝似的，十分入味，我想完全可以令瞿秋白念及，并说很好吃。我后来每见人家做一担豆腐挑回去时，寓意喜庆的红纸贴在担里最高的那块豆腐上，一丝丝红弥散开来，就觉得看见了瞿秋白和夫人杨之华的那枚印章"秋之白华"。

乡下，邻近的几个村都会有个豆腐作坊。妈妈娘家会挑担黄豆去找王家村的王姓师傅加工，我们这边会去找夏家村的丁姓师傅。豆腐做回家，年味就来了，接下来就是杀猪这件重要的事。豆腐做得多，是因为父辈们的储备忧患。一部分切片，摆筛子露天会变成冻豆腐；一部分切块，做成豆腐乳。来年，冻豆腐炖肉吃，豆腐乳下粥。加个小料，我们那有句骂人话，"你去买块豆腐撞死算了"，说的是那人极其没用。豆腐怎么能撞死人呢？但如果换成坚硬如砖的冻豆腐撞死一个人也不是没有可能。

汪曾祺写美食，篇幅较长的，一篇是《萝卜》，一篇是《豆腐》，他是真把天南地北的萝卜豆腐吃了个遍。他说的香椿拌豆腐有"一箸入口，三春不忘"之妙，我妈习惯小葱拌豆腐，一块豆腐加寻常佐料，酱油一定要倒点，虽没汪曾祺所言之味，想起来还是挺馋人的。可惜，那种拌起来好吃的豆腐难找了。有人问汪曾祺敢不敢喝豆汁，他自嘲自己是个"有毛的不吃掸子，有腿的不吃板凳，大荤不吃死人，小荤不吃苍蝇"，老实说，他在吃方面的胆子，令我羡慕得很。

豆腐有两邻居，左邻百叶，右邻干丝，做得好，比豆腐还好吃。

明代孙作有《菽乳》诗："戎菽来南山，清漪浣浮埃。转身一旋磨，流膏入盆罍。大釜气浮浮，小眼汤洄洄。顷待晴浪翻，坐见雪花皑。青盐化液卤，绛蜡审烟煤。霍霍磨昆吾，白玉大片裁。烹煎适吾口，不畏老齿摧。"读此诗可一览从豆到豆腐的制作过程，还能一窥典故里淮南王刘安炼制长生丹药无意间发明豆腐的化学反应。最有意思的，我觉得收获了某种可能的答案。供养祖先为什么不能缺豆腐呢？一、供养属于佛教用语，与素有关；二、供养之人都是牙齿稀疏的老人，豆腐最容易咬了。当然，我的这些想法就不去和妈妈说了。

妈妈爱听越剧，黄梅戏，还有锡剧。锡剧是我老家的剧种，有个名段《双推磨》，所以老老少少都会哼上两句"上爿好像龙吞珠，下爿好像白浪卷"。主人公何宜度帮寡妇苏小娥一起挑水、推磨、灌浆、烧火……把苏小娥一个人平常干到二更天的活很快就干完了。偶遇，相互同情，何宜度带上老母和寡妇苏小娥组成了一个完整的家庭。我偶尔听到《双推磨》的唱句，也傻傻想过，若我还没婚娶，带上妈妈和一个小寡妇卖卖豆腐，过过日子，也挺好的。等妈妈走了，我开始她曾经进行过的仪式，亲手做一碗好豆腐，供养她。

金陵双臭

在南京读书时，汉口路、青岛路两旁的梧桐树下，都是小酒馆和小吃铺。我常去的一家叫"春水塘"，还有一家叫"鹿苑"。后来，我基本上只去"鹿苑"了，"鹿苑"的老板姓陆，我和老陆成了朋友。

尤其是和爱人恋爱时，去"鹿苑"吃饭，老陆问我几个人，我说就我俩。老陆妈妈就说，就你俩那别点菜了，一会和我们家人一起吃。好多好多次吧，就这么一起吃，和陆大哥、陆大嫂、陆阿姨一起吃，和陆大哥的姐姐、姐夫、弟弟、弟媳一起吃，吃成了家人。我回常州后和爱人结婚那日，陆大哥和大嫂也来了。

在"鹿苑"吃饭点的菜最多的是炒鸡杂、毛血旺和金陵双臭。明明一道鲜香的菜肴取了"双臭"，说古怪也不古怪。"臭豆腐""臭鳜鱼"吃起来一点不臭，那么"双臭"可能臭味相投成倍地香了。绍兴双臭是臭咸菜梗摆在臭豆腐上蒸出来的，尝一口那真是油亮鲜香。我家附近有个叫"浪里白条"的餐馆，门楣上贴了个标签"就是 70 后的菜"，看了觉着亲切。老板是本地人，几个家常菜也做得精致入味，它还真有道菜，将臭鳜鱼与臭豆腐一起炖，这算徽菜吧。

我们常做的是大肠豆腐煲。豆腐用的是新鲜的豆腐，用臭豆腐和肥肠做主料一同做的菜我就见过"金陵双臭"。臭豆腐种类不同，有将新鲜豆腐捂于稻草中自然发臭而成的，有以徽州毛豆腐为代表的毛豆腐，还有就是把新鲜豆腐置于卤水中发酵而成，俗称水臭。"金陵双臭"用的是最后一种。肥肠切段炸过，加臭豆腐红烧入砂锅煮。大肠肉脂丰腴，口感滑爽，臭豆腐滑嫩紧致，汁水入味，两种臭交融出奇香来。古人有"君子不食圂腴"，说的是不要去吃猪狗的下水，可老百姓们怎么舍得扔掉这些下水呢？

炒猪肝、炒猪心、熘腰花、肚肺汤，连猪皮都是常州老三鲜中不可或缺的一道料。以前杀好年猪，爸爸先端起大肠小肠到码头边，灌洗、翻过来用盐搓洗，反复好多遍，因为一碗少有异味的红烧大肠，爸爸变得非常有耐心。杀年猪都是临近过年的寒冬天气，那时的蒜叶格外香，炒什么都给什么添香，一碗大肠加上一把蒜叶，油滋滋的，看起来就馋人。君子不吃猪下水，那是一种礼仪，礼仪是礼仪，口味是口味，我看猪下水的部分经过寻常人家的烹制似乎都比猪肉好吃。

我不会洗猪大肠，爸爸也已患阿尔兹海默症三四年了。他若还能洗得清爽的大肠，我学卤臭豆腐也容易，做一碗"双臭"，两个人一起尝尝也不是难事。

我从南京回来不久，"鹿苑"就关掉了，和陆大哥联系也不是太多。每每想到"金陵双臭"就想去找他，在梧桐树下，会做"金陵双臭"的小酒馆多呢，我俩喝上几杯。

豆渣饼

《清异录·馔羞门》载"金陵士大夫渊薮，家家事鼎铛，有七妙"，说的是当年的南京小吃技艺如何精湛：齑汁匀洁，可以当镜子照面；馄饨汤至清，可以注砚磨墨；饭煮得柔韧不碎，擦台子不粘；面条有筋，当带子打结而不断；馓子香脆，嚼在嘴里清脆有声，可以惊动十里人。此为"建康七妙"中的五妙，真是令人惊讶，还有两妙都是关于饼了——

饼薄如纱，字在饼下可以映出来；饼卷起来滴水不漏，可以当酒杯用。什么手这么灵巧呢？

说到饼，可能会有上百种，有很多我没见过、吃过。比如老婆饼、姑嫂饼、车轮饼、状元饼、蓑衣饼，这些饼都有故事。当然，每一种饼都有故事，人们就爱给各种事物编故事。许多饼，实则大同小异，也就面粉与馅那点故事。我吃过的饼也很多，亮月饼、北瓜丝饼、虾饼、茄饼、摊饼，有好些我还会动手做。

豆渣饼

美味的饼很多，《梦粱录》里光各种饼的名字就可以诱人口水，但它们起先都是为填饱肚子的，豆渣饼虽说也叫饼，却不是。

豆渣饼有三种说法，另外两种是豆斋饼和豆炙饼。"斋"与"炙"这样的字眼，多少猜得到些端倪。相比这种书面或体面的喊法，我更喜欢"渣"，可以看见朴素的先人们持家的智慧。

当然还有人写成"豆糌饼"，至于为什么这样写我就不晓得了，由于糌粑的缘故，总觉着"糌"和藏文化挨得近些。我见过一些人乐意于陌生化，我不喜欢。明明一个人遇到了难处，他爱说"囹圄"；一个人有了点企图，他爱说"觊觎"；一个人马虎了点，他爱说"颟顸"。换我，我想说一个人"贪吃"，就不会去写"饕餮"，太麻烦了，也不想想很多不认识这些词语的人的感受。我常和给我文章写评论的朋友说，你少用新奇的词语哦，我读不准音的。

说豆渣饼是常州独有的，我留意过邻近的无锡、扬州，还真没见这种吃的端上饭桌。一说到独有，很多人满满的幸福感就出来了。我并不觉得豆渣饼有多好吃，好多东西实际上都相似，就像馄饨和云吞，只是样子稍稍有点不同。常州另一个独有的"网油卷"，其实也就是麻团家族的一员而已，面粉裹了豆沙油炸一下。

豆渣饼外观圆圆扁扁的，和小时候吃的用鸡蛋、豆奶粉、面粉做的"杏元饼"差不多，一个是菜品，一个是零食。一般放在酸血汤和豆腐汤里，只是配料，有没有其实无所谓，不耽误酸血汤和豆腐汤成为一碗好汤。倒是在刀鱼或咸黄鱼上放几粒一块蒸，吸了鱼的鲜，味道就出来了。有人说，豆的渣怎能做成饼呢？豆渣饼不是豆渣做的，是用白脚豇浸泡后磨成浆，在平底锅上一小勺一小勺舀起，慢慢"笃成"。我没有亲眼见做豆渣饼的过程，可能真是这样，但恐怕没有面粉也很难"炙"成饼。而且，这几年我老是吃到这样的豆渣饼，因为面粉掺得过多，白胖，味道入不进去，即便已被各种好汤汁"喂"过，也像是吃面块。我总觉得以前的豆渣饼好吃，应该是以豆渣为主，少许面粉黏合，这种黄色豆渣饼"透气"，鱼鲜才能入得进去。

豆渣为什么不能做饼？北方有一种饼也叫"豆渣饼"，用黄豆磨豆浆后剩下的豆渣，和入玉米面、鸡蛋，摊制、油煎而成，那豆渣饼个头大，确实能填肚子。

还有常州一种"腻头汤"有时也会放点豆渣饼，那个"腻头汤"做起来有点面疙瘩与咸泡饭混搭做的感觉。我妈以前在乡下经常做。

百　叶

百叶，常有地方喊千张，有地方喊干豆腐。

看到一张《鲁迅家用菜谱》，哪一年的十月不知道了，其中十六日上午吃的是鱼、千张炖肉、青菜，下午是菜炒牛肉、蒸鱼片。那个千张，就是百叶。

千张的喊法可能与纸张有点关系，一搭百叶，看上去就像一沓宣纸。

百叶为什么叫百叶，我还真不知道了。

家中的窗帘为什么叫百叶窗，我也不知道。中国古代，竖直条的叫直棂窗，横直条的叫卧棂窗，说卧棂窗是百叶窗的原始式样。以前的直条原料是泡桐、椴木等，现在用的是塑料、铝合金。我们家中竖直条和横直条的都叫百叶窗。

牛有四个胃，瘤胃俗称毛肚，瓣胃俗称牛百叶，火锅店里常烫了吃。

来自植物的百叶与来自动物的牛百叶看起来一点关系也没有。

百叶可凉拌，可清炒，可煮。清炒搭配韭菜、豆芽，煮的话煨蹄髈、老母鸡。我们这有个小镇叫横山桥，那里制作的百叶真比其他地方吃起来嫩滑，说是名气源于三百多年前的明朝，"烹饪成肴，淡黄似奶，鲜嫩软柔，食而不腻，肥而爽口，百吃不厌"。

回味起来好像真是那么回事，我也不免笑笑，与豆腐、素鸡形状不一的豆制品而已，也就如几种面食间的大同小异。饺子、馄饨口味的差别在于馅的荤素，百叶煨老母鸡与百叶笃豆腐中的哪个百叶好吃？

百叶也切条打结，叫百叶卷，一般与肉一起红烧。百叶的豆制品家族，如豆腐、素鸡都可以与肉一起烧。

芹菜冬笋韭菜芽，黄雀青鱼白壳虾。溧阳的黄雀用百叶裹着蒸，那百叶有点像裹尸布。

百叶切丝烧，扬州的大煮干丝最有名。刀工极为精细、整齐、均匀。老母鸡煲的汤做底料，百叶丝为主，加入金华火腿切丝、蛋丝、冬笋丝、木耳丝、鸡丝，还有几个鲜虾仁点缀上面，分外诱人。"扬州好，茶社客堪邀。加料千丝堆细缕，熟铜烟袋卧长苗，烧酒水晶肴。"扬州早茶中就有一道大煮干丝，一看见，虽口中隔夜的酒味还在，又忍不住倒了杯。

素　鸡

我还真没想到，素鸡原产地又是我们常州。梁武帝信佛以素鸡替代肉，然后在民间流传。

素鸡是传统豆制品，以百叶为主料，卷成圆棍形，用纱布捆紧煮熟。大多数做法是切片过油，再加调料烧制。

常州有"素鸡面"，一碗阳春面上，盖了一块两面油煎过后泡以卤汁的大素鸡。

我吃素鸡，喜欢切片煮熟，加点香油、酱油拌一下即可，比较鲜嫩。还有就是与红烧肉一起炖。素鸡毕竟是豆制品，再怎么吃也吃不出所谓的鸡肉味来。素鸡类似于茨菰，需肉来"喂"一"喂"它的性格。

有一友人的爱人做素鸡，先切片，在油锅里炸一下，再放在水里泡半小时，然后加佐料烹制。说是口感松软，一点不板结，果然。她煮素鸡还多了一种配料，说"开洋是一碗素鸡的灵魂"。这

素鸡

话很耳熟，我也说过类似的，猪油是一碗阳春面的灵魂。

素鸡外，还有素鸭与素鹅。这两种做法相似，与素鸡完全不同。它们都是用几张豆皮夹了荤素搭配的馅，再卤制而成。

面　筋

还能依稀看见奶奶在码头上洗面筋的身影：淘箕内几块面粉与水揉好的面团，奶奶双手抓住淘箕的手把左右旋转，再用力搓洗，直到面团不再有浊水出现。淘箕里剩下几块瘦小的面筋。

切片清炒，加一把蒜叶，清清爽爽。

小时候以为面筋是奶奶独有的食材，后来见菜市都有卖的。再后来在烧烤摊，吃到加了胡椒粉、孜然粉的烤面筋，真是别有风味。

我不去追溯面筋在中国的饮食历史，只要看看三个宋代人的文字即可，起码面筋在宋朝时已经深受欢迎。

林洪在《山家清供》有道"假煎肉"：瓠与麸切成薄片，各用料一起煎。麸用油浸泡后煎，瓠用肉脂煎。然后加上葱、椒、盐、酒一起炒。瓠与麸不仅看上去像肉，味道也和肉很难分辨。吴中的何铸宴客，有时会有这道菜。

林洪说的何铸是吴中的权贵之家，却喜欢和隐居山林的朋友一样爱吃这样的清雅之味，可谓贤人。如果林洪说"有时会有这道菜"，那么可以看看另一个宋人吴自牧的《梦粱录》，其中有多种面筋吃法：糟酱烧麸、麸笋素羹饭、鼎煮羊麸、乳水龙麸、五味熬麸、麸笋丝等。

宋代还有个道士葛长庚写有《咏麸筋》诗："结庵白云处，山供味味新。嫩腐虽云美，麸筋最清纯。"

可以看出，面筋与麸关系密切。面筋有生面筋和熟面筋之分。生面筋就是奶奶洗的那种，经水揉洗而成也叫水面筋；熟面筋是水面筋发酵起孔后放蒸笼蒸熟，也就是我们所说的烤麸。"四喜烤麸"就用烤麸、笋片、金针、香菇做成，至于寓意就不多说了。

还有种油面筋我一直不知道如何做法，去查了下，是用生面筋切成小块放油锅中炸成的。我闲来无事，也喜欢做"油面筋塞肉"吃，用筷子在油面筋上戳个洞，将肉馅一点点塞进去，做这个东西太需要耐心了，吃起来倒是两口一个。

朱彝尊还有"熏面筋"的做法，我没吃过：好面筋，切长条。菜油沸过，入酒酿、酱油、茴香煮透。捞起，熏干，装瓶内，仍将原汁浸用。看起来有点像"酱菜"，或者就是烤麸的吃法，有兴趣的人可以试试。

凉　粉

很奇怪，凉粉在许多地方当面食吃，有的地方叫凉皮。

凉粉在我们那，是下酒菜。

去康定时，有家"田凉粉"铺子，店不大。早早地，雍措就领我们去占个座，说是稍晚了就吃不上了。

铺子为何取这样的名字我不得而知，最大的想象也就一个姓田的人开的凉粉铺子吧。

还真是，坐下来没几分钟，人就挤得满满的了。很有经验的雍措看起来更像猎人嗅到猎物的气息了，她悄声说，要不我们再来两碗吧。

我摇摇头，眼前摆的那碗已感觉够吃一天了。其实碗不大，顶多我孩子五岁时喝粥的碗大小。瞥一眼，另一个朋友三两下吞咽，只剩最后一筷子了。

老板娘可能和雍措很熟，在排队的人群中又打了两碗递过来。

凉粉

一碗朋友的，一碗她自己的。我皱着眉夹了几条，麻麻的，辣辣的，味道一般，样子看起来就像身后不远处狂放的折多河和温顺的雅拉河融合在一起。我吃那凉粉时竟然如夹太湖的银鱼。

没吃到"田凉粉"的人悻悻地瞅了几眼我们桌上两碗未动筷的凉粉。

朋友满足地抹嘴巴时，雍措也慢慢放下筷子了。我的凉粉还剩三分之二，有趣的是，我对昨晚吃藏餐时的酥油茶很有感情，在这家凉粉店又叫了碗，一仰头喝光了。

我也会做凉粉的。康定的凉粉和面条差不多，透点、韧点而已，苏南的凉粉是四四方方的豆腐状。豆腐轻轻一戳会碎，凉粉有弹性，拍它一下就像拍婴孩的小屁股一样。

说凉粉消暑可能只看了字眼。我做凉粉是用刀横切四五下，竖切四五下，放油锅里煎会，加榨菜丝、虾米、生抽、盐和小葱。色泽好看，入味略糯，极其爽口。下酒仅次于花生米、猪头肉。

我觉得康定人吃我做的凉粉，未必会比"田凉粉"差，也许会来我的"张凉粉"排个队。

后来听成都的人说，一些人会去康定排几天队吃凉粉，然后带几份回去给朋友，不能说傻吧，也真是怪事。

雪　菜

我时不时地将一捋花白胡子，坐在靠背竹椅上，"吱溜"一口陈年花雕，"吧嗒"一口旱烟。我眯着眼睛，看冬日斜阳下风走过不远处河岸上的芦苇。我的老伴依然手脚麻利，一颗颗地在收长竿上晾晒的准备腌制的雪里蕻菜，像收取一件件晒干的衣服……若干年后，我和老伴就是此刻想象的历史背景人物，就像祖父祖母的影子残存于记忆深处已然成为一张清晰的黑白照片。

如果说我对草莓的爱不是随便说说的，对雪菜，我也可以使用这样的语气。盘算了下，雪菜于我的饮食中居然参与了得令我诧异的部分。

阳春面上若放浇头，最爱雪菜肉丝面，肉丝没有也可以，雪菜不能少。没有雪菜的面我干脆吃阳春面。

吃米饭喝汤，明明有新鲜的西红柿、菠菜可以烧蛋汤，我偏爱拆开一袋雪菜来烧。甚至鸡蛋不用也行，雪菜的原味会更纯些。有一年去福建闽侯吃喜宴，每桌大大小小几十样海鲜，我觉着木桶里的雪菜汤最好喝。

常去的那家饭馆，菜单上原本没有的菜，我一去，老板娘也会嘱咐后厨一声，上来的砂锅里炖的是雪菜、老豆腐与猪油渣。出奇的是，这道菜总是被同桌一扫而光，还要一个劲地称赞。

雪菜属于咸菜的一种。咸菜主要以青菜腌制，雪菜用的是雪里蕻。

雪里蕻是吴侬细语的叫法，它还有个女性化名字"雪里红"。坦白说，起先单独一个"蕻"字我读不准音，商务印书馆出版的《现代汉语词典》解释词条"雪里蕻"时注明同"雪里红"：一年生草本植物，芥菜的变种，叶子深裂，边缘皱缩，花鲜黄色。茎和叶子是普通蔬菜，通常腌着吃。我觉着这样的解释含糊了些，没见过的人见到了也不一定能认得出来，若加以《广群芳谱》里"雪深诸菜冻损，此菜独青……味稍带辛辣，腌食绝佳"，岂不把雪里蕻的性格说得更清楚些？

至于辛辣我未尝试过，但能感觉得出来。我们那"雪里蕻"是指腌制后才能够吃的，还种在地里的叫"芥（方言读 gà）菜"。唐代浙江湖州诗人钱起有诗"渊明遗爱处，山芥绿芳初"，不知道湖州与常州对芥的读音是否相仿？这两地倒都有"芥菜籽落进针眼里"的俗话，喻事极巧。针眼多小，可见芥菜籽更小，我老家就会嘲笑肚量小的人一句"量气只有芥菜籽大"。锡剧《珍珠塔》里河南书生方卿投亲借贷，遭到势利的姑母羞辱，表姐陈翠娥暗将珍珠塔赠予方卿时，反复嘱咐他要把这包"干点心"带给舅妈以表她孝心时，这呆书生错怪表姐就唱"真所谓芥菜籽肚肠量气小"。

偶尔去吃日本料理时，生鱼片和寿司用的一种调料"芥末"，是芥菜的成熟种子经碾磨后制成的。我试过两次，确实辛辣，一连打了好几个喷嚏，方觉《埤雅·释草》里所言"望梅生津，食芥堕泪"并不夸张，令人好不习惯。

江南的寻常人家，腌咸菜如孩子的功课般成为农家每年的寒月景象，"蓄聚美菜者，以御冬月乏无时也"。苏南为鱼米之乡，饮食习惯三餐基本为中餐米饭，早晚两餐喝粥。下粥的两样好菜，其一是萝卜干（红萝卜、白萝卜、胡萝卜皆可腌制），其二就是咸菜。家乡腌咸菜原料有二：大头青和芥菜。大头青是整颗腌，芥菜则一般趁天晴时洗净晾晒一两天，沥干水，以半干为宜；放菜板上，用刀切成细碎的菜茸，放进干净无水的盆里，放适量粗盐，随后将菜搓揉几分钟。再放进瓮罐，边放边压紧，我见大人甚至用拳头擂。最后在瓮口塞进几个稻草疙瘩，叠紧，两周后可食用。我们那常用雪菜做馒头的馅，也可炒肉丝、炒冬笋、炖豆腐。如果冬日和小鲫鱼一起炖，第二日的"鱼冻"更是下粥好菜。即便抓一把煮汤，下饭也可爽口了。

有年苏南遇暴雪，人们忙于给各类树木打雪。我多想从雪被下翻出从容休憩的芥菜，它们睁开双眼：茫茫雪毯之下的一簇簇碧亮火焰（我从超市买回袋装的"老胡子"牌雪里蕻菜，配料：雪里蕻、食用盐、味精、甜蜜素、苯甲酸钠、山梨酸钾），这些火焰霎时照亮我忘记祖辈手艺、忘记《倦圃莳植记》所称"冬日旨蓄"的持家之道的羞愧。

肉夹馍

我的故乡把没馅的叫馒头，有馅的包子也喊馒头。起初上城里，可以吃上一笼"小笼包子"，个头很小很是口鲜，但还是喊它"小笼馒头"。所以，很多馍啊饽啊馕啊，都是后来去了北方才慢慢具体认识的形状。

肉夹馍不是我故乡的食物。因为饮食地理的纵横，也能经常吃到了，而且有时确实想吃，所以写写它。

我去过西安好多次，羊肉泡馍没吃过，因为我从不吃羊肉。肉夹馍也没吃过，其实我是一个很不容易去适应形状的人。家乡所有有馅的面食，似乎都是封闭的，饼啊，团子啊，馄饨啊，这个肉夹馍张了个嘴巴，肉鼓鼓的，看了发腻。

第一次吃肉夹馍，反倒是在与我故乡所处相同地理的苏州。诗人叶梓带我去吃早餐，说是早餐，也快临近中午。叶梓是甘肃人，爱吃面食，坐下来点了臊子面，配了肉夹馍。臊子面红乎乎的辣油就已经令我不舒适了，两口下去，只能放下筷子。肉夹馍可能来了南方有所改良，玲珑了点，嘴巴口露出来的肉也没在北方见到的那么鼓了。嚼了几口，馍比想象中的香脆，馅也非常入味，还有些青椒碎丁看起来很养眼。

那天在苏州，我吃了一个完整的肉夹馍，我觉得自己特别厉害时，叶梓把臊子面的最后一口汤也灌下了脖子。那时，我在想，臊子面配上肉夹馍吃，会有一定的道理的，他那个肉夹馍应该吃起来更加好吃。实际上，只是饭量大小的事吧。

我搞不明白的是，明明是把一块馍切开，夹了肉馅，怎么不叫馍夹肉呢？有人告诉我说，肉夹馍是古汉语"肉夹于馍"的简称，陕西人性子急，直爽，就把"于"省去了。

网油卷

对大多数人来说，"网油卷"是一个有足够想象空间的食物的名字。

网油卷又是一道常州独有的甜品点心。看上去像油面筋，选用猪网油、赤豆沙或枣泥卷成长条，改刀"寸金段"，挂发蛋糊经油炸而成，捞出装盘撒上白糖即成，口感微脆而软、香甜盈口。

因为苏东坡在常州终老，又是美食家，常州有许多菜与他有关，最著名的当数"东坡肉"，做法精当，样子精致，吃起来的话，实则寻常外婆烧的红烧肉完全不输于它。至于这道甜品点心，相传又是苏东坡的奇思妙想："若内藏以豆泥，外裹以'雪衣'，如糕团之炮制，改蒸煮之方为炸熘之法，岂非佳肴乎?"

这样的说法，我没有从任何书籍中找到来处。

然而，寻找"雪衣"大概是一个充满灵感的过程。最终选择了猪网油，即猪的腹部成网状的油脂。

网油卷

网油卷并不是容易制作的食物，一般人试着做，不要说尝其味道了，出锅瞧那样子，你就倒胃口。大厨们得通过改变蛋糊与淀粉比例、油锅油温以及胚子形状调整，"网油卷"才会个个饱满，大小一致，浑圆金黄，香甜可口。

许多做法中，对其馅豆沙基本一带而过，似乎并不重要。我想起《澄沙之味》里的德江老人对千太郎说，豆沙馅是一个铜锣烧的灵魂，她煮豆沙时就像招待远方来的客人。她说，当我制作豆馅的时候，总会倾听豆子们讲述的故事，想象豆子们见过的晴天和雨天，微风把豆子们谈话的内容吹拂过来，听听它们的旅途故事。是的，倾听它们，我认为这个世间的一切，都有可以诉说的故事。即便是阳光与风，也可以听到它们的故事。

德江老人在煮制豆沙时的敬畏神情，近乎虔诚。

我在想，常州的网油卷用上这种豆沙馅，吃的人可能会吃到阳光，吃到风，吃到故事。

水焖蛋

老皮恩是个怪人。除了蛋什么都不吃，一天吃三四个，这样度过好几年。"手拿着装蛋的袋子，进入一间屋子，走到角落的墙边，拿起蛋朝着墙壁轻敲出一个小洞，慢慢地喝下去，一个接着一个直到把蛋吃光为止。几个月后，那面墙下堆了如小山般高的蛋壳。"

书里的老皮恩真是个怪人，这么吃鸡蛋，就像我们小时候掏到鸟蛋后，其中一个"大人物"的吃法。

大盒大盒鸡蛋买回来了，码得整整齐齐的，在纸币与数字间，生活似乎再不缺鸡蛋了。而我，也完全没有了在草垛上摸鸡蛋的喜悦，那是带着体温的鸡蛋，连稻草都暖暖的。人到中年，想念起那么一只鸡蛋来。

鸡蛋最简单的吃法是水煮一下，煮开几分钟后放凉水里过一下，蛋壳容易与蛋白剥离。若要讲究些，那就得煮茶叶蛋了，茶叶蛋的做法我之前已写过。

煎荷包蛋要略微有点手艺，关键掌握好火候，煎老了，首先是不好看，其次是吃起来嚼到渣。我习惯单面煎，而且蛋黄还是溏心状，儿子特别喜欢吃这种状态的荷包蛋，洒上几滴生抽，一般是早餐配白粥吃的。雪菜肉丝面上盖一个荷包蛋，也是很好的搭配。还有就是"大白菜荷包蛋"了，放上白菜和猪油渣一起炖，很是香。

水潽蛋的做法也不是很难，水烧沸后打下两三个鸡蛋，估摸着蛋黄差不多有点凝了，依个人口味上的喜好加佐料，或甜或咸，撒几粒葱花即可，不撒也无关紧要。以前过年走亲戚都是饭前一碗粉丝里卧上两三个水潽蛋，先到的客人也都知趣，把两个夹出来放主人家干净的碗里，以便主人继续放到晚来的客人碗里，自己吃一个水潽蛋，把粉丝吃完。

若要把一碗鸡蛋炖好，可不是三言两语可以说得清的。鸡蛋加上油盐（我还喜欢放酱油）打匀后，主要看调入的水的比例和水的温度，水的比例我没法说，得看鸡蛋的数量和碗的大小。水温的话，我的经验是七八十度，然后放到烧沸水的锅里隔水炖，或者搁在差不多快煮熟的饭锅里。炖得好，鸡蛋端起来像很有弹性的婴儿小屁股，有点抖动，一勺下去，金黄晶莹，像舀了一勺明月。我总是把几勺炖鸡蛋倒入米饭中，拌一下，很快就能吃下一碗。炖不好的，就有各种的不好了，要么就成了一碗稀稀拉拉的蛋花汤，要么就是下面的还没凝固，上面已是蜂窝般的小洞，看起来就像泡沫，没什么胃口。一碗好的炖鸡蛋得自己好好琢磨几回。我奶奶在饭锅上炖的鸡蛋，至今还是吃到的最好吃的了。

至于丰子恺在《端午忆旧》说的，他母亲会"买许多鸡蛋来，在每个的顶上敲一个小洞，放进一只蜘蛛去，用纸把洞封好，把蛋放在打蚊烟的火炉里煨。煨熟了，打开蛋来，取去蜘蛛的尸体，把蛋给孩子们吃"。说这种"蜘蛛煨蛋"可以驱毒，我们那没有这风俗，有的话估计许多孩子也不去吃。

以上写各种鸡蛋的做法篇幅确实长了点，看起来偏题了，若是老师布置的一篇作文，他定是会在文末写个批语"主次不分"，而我实则是为引起水焖蛋而写。

至于水焖蛋，仍旧是奶奶们的手艺。我凭儿时灶边的记忆试过几次，都没能做好。即便没能做好，也确有与其他鸡蛋做法不同的味道。鸡蛋得加上面粉搅匀，锅里同时放油与水烧开后炒，然后加上佐料。要是放上一小把韭菜就更香了。我唯一能想得通为什么做这种鸡蛋吃的是，那时油也少鸡蛋也总是不够吃，水焖蛋是南方母亲们的一种生活智慧。当菜吃，可以下饭，还能吃出炒鸡蛋的味道。不当菜吃吧，真是一碗填肚子的美味点心。而且，一个"焖"字，或许厨房里昂贵的锅子真不如以前铁锅与木头锅盖的结构更与其相适的岁月的寡淡。

我一直想让奶奶教我旧时那些好吃的东西的做法，比如亮月饼，比如水焖蛋，一晃她年事已高，很多事情都记不得了。

　　当然，做什么鸡蛋吃，还得看是什么鸡蛋。你还能吃到乡下稻草窝上一只面熟的母鸡"咯咯"地跳下来、它那生下的"粉色的太阳"吗？也就是福冈正信在《一根稻草的革命》里写到的，把山上柑橘园中放养的鸡生的蛋和山下的养鸡场中饲养的鸡生的蛋一比较后发现，他家鸡蛋的蛋黄，与其说是黄色，不如说是一种红色，形状饱满而有弹性。而另一方，即养鸡场鸡蛋的蛋黄虽说是黄色的，却有些发白，松软而缺乏弹性。然后又用这两种鸡蛋做了煎蛋，两者味道截然不同。有一位寿司店老板吃了之后高兴地说："这才是从前的鸡蛋。"

茶叶蛋

世间有许多奇妙的相遇。一棵土著蓼蓝等来了棉花，就有了蓝印花布，穿蓝印花布的女人大概比着丝绸的女人更可以去爱。一颗鸡蛋也终于等来了茶叶，经过火的撮合，剥开壳后，胴体上有了哥窑瓷器特有的冰裂纹。

北京去过很多趟，一般会会朋友两三天就回了。去年在鲁院学习，连续待了四个月。这几年我本来就没吃早餐的习惯，实在是半夜饿醒了，熬到早餐时间去食堂，一看又是小米粥又是实心馒头的，就没了胃口。没办法，打了碗小米粥，和食堂大姐套近乎，我这南方人吃不惯馒头、煎饼的，给我两个鸡蛋吧。好说歹说，给了我两个，幸好我饭量不大，也够吃了。

第二次，再也不会给我两个煮鸡蛋了。鲁院的早饭有规定，鸡蛋只提供一个，其他的早点可以随便吃。老实说，这种"洋鸡蛋"蛋白粗糙，平时我还不爱吃。

我发现女生们总有鸡蛋吃。在房间烧开水时，盯着那只冒热气的电水壶，终于像找到了灵感一样。我说，我知道为什么你们总有鸡蛋吃了。几个女生哈哈大笑，指着我说，你才晓得啊。我已来这里三个月了，一个还算聪明的人竟然没察觉到一只电水壶烧开水时放几只鸡蛋下去就有鸡蛋吃这样简单的事，真有点糟糕。

更糟糕的是，在我还没有决定用热水壶煮鸡蛋的隔夜，半夜碰见一女生，她手中的碗里有五只诱人的鸡蛋，我在酒精的怂恿下厚着脸皮向她讨只鸡蛋，她拒绝了，说这是煮给谁的夜宵，有点伤我自尊。她善良地回头安慰我，明天给我煮鸡蛋。

土鸡蛋、茴香、甘草、老抽、盐、料酒……第二天一早我从菜市捧回一堆食材，我对自己说干脆做上好的茶叶蛋。最重要的是，我的房间堆满了南方朋友寄来的春天的问候：碧螺春、龙井、雀舌、翠柏、茅山青锋。我觉得，这里的人都不知晓我平时在家煮茶叶蛋的手艺，那是我七岁的孩子晚上饿了时对我的最好评价，爸爸煮的茶叶蛋太好吃了。

第一"锅"茶叶蛋出炉，香气扑鼻。同学们都在教室里上课，那天什么老师上课不记得了，好像还是我挺感兴趣的内容，但没有比煮茶叶蛋重要。我喊来王少勇，他剥好第一只茶叶蛋，三两下咽进去，说了句比他所有诗歌还好的话，"这是我吃过的最好吃的茶叶蛋"，比我儿子还对我服帖。

茶叶蛋

名声传开了，来我小屋吃茶叶蛋的人越来越多，有的一下可以吃四五个，我就不再煮了。那只壶自煮茶叶蛋开始，我就下楼去打开水了。我觉得吧，以后来这个屋住的人烧开水时还能闻到茶叶蛋的味道。

皮　蛋

皮蛋很多地方叫松花蛋，听起来很雅，南方北方都有。剥开呈半透明黑色或墨绿色，捏起来有弹性，上面还有松花或雪花状图案（我有个朋友说上面有海洋，有陆地，有冰川，有森林，在她眼里，一个剥好的皮蛋就是一个星球）。除了切开直接蘸以酱醋佐酒或凉拌外，还有个老搭档豆腐，可以拌在一起食用，取名也很直白：皮蛋豆腐。

我们这有"上汤苋菜""上汤菠菜"之类的菜，也没见用了什么"上好"的汤，却都切碎了几块皮蛋进去。另外就是和肉丝一起熬粥，叫"皮蛋瘦肉粥"。皮蛋的心一煮，有点像死鱼眼。

煮茶叶蛋用的是鸡蛋，因为我没见人用过鸭蛋；腌咸鸭蛋肯定用的是鸭蛋了。皮蛋没具体说用什么蛋，但从未吃过用鸡蛋或鹅蛋做的。《废都》里老提的下酒菜"变蛋"也是一种皮蛋，不过这种蛋用的是鸡蛋，我没吃过。我吃过的所有皮蛋都是鸭蛋。

我会煮一锅灵光的茶叶蛋，却从来不会腌咸鸭蛋和做皮蛋，这些，我妈都会。

周作人说，北京的皮蛋整个是黄的，不是全部固体化，只是中间剩有一点黄色的柔软的地方，他认为是佳品。这点我也是这么看的，就像咸鸭蛋油酥的黄、螃蟹的黄，都是精华。

全部固体的皮蛋也吃到过，硬硬的，一点不好吃，虽说还不曾到味同嚼蜡的地步，也差不多了。

因为中间有柔软的部分，所以用刀去切剥好的皮蛋是不完美的，那粘的部分沾在刀面，不仅刀难清洗，切成四片的皮蛋也不好看。我小时候就学会了用根缝衣服的细线，一头用牙齿咬住，一头用手指勾紧，绕在皮蛋椭圆形的两头，一拉，分成两半；把线取出，翻动皮蛋，再做一次，对剖。一个皮蛋分成均匀的四片，摆盘里也像是开的花了。

妈妈以前常将草木灰、泥、米糠搅和好，裹在鸭蛋外面，腌制一段时间后，爸爸剥上两三个，也是用细线勒分的方法后装盘。倒上一杯老酒，他伸出筷子时，我和妹妹的筷子也伸到了盘子里。

鹅 蛋

常州人将鹅叫作"白乌龟"的来由，真是一点也摸不到头绪。乌龟是黑的，鹅是白的，鹅与乌龟的长相更是南辕北辙。我的妹夫是福建闽侯人，来常州吃红烧老鹅时，用带了闽南口音的普通话对筷子夹了的鹅块说，这个白乌龟真好吃，听起来笑煞人。

其实，白乌龟，无锡人、上海人也这么叫，杭州好像也有这样的叫法。杜甫诗"家家养乌鬼，顿顿食黄鱼"，乌鬼是指水老鸦，也就是鸬鹚。有一种说法看起来相对说得过去，渔民养鸬鹚帮忙捕鱼，养鹅帮忙看家，这两种被称为黑白乌鬼，黑的是鸬鹚，白的就是鹅了。

我们喊鸡蛋鸭蛋为鸡子、鸭子，那么白乌龟子应该知道是什么了吧。

鹅蛋我们很少吃。无论煮也好，炒也好，质地都有点粗糙，口感不如鸡鸭蛋细腻。

我问我妈，为什么很少有人吃鹅蛋。

我妈说，鹅蛋腥，有人炒蚕豆花吃，可以治头晕毛病。

是啊，我妈不知道那种头晕也叫贫血症。就像我，也不知道鹅蛋有一种卵磷脂的物质。

读陈眉公《小窗幽记》很多遍了，却不知他还写有《致富奇书》，书名一个大雅一个大俗，写得却也很有趣。其中有"养鸭鹅"：大率鹅三雌一雄，鸭五雌一雄。生卵则收置暖处，以柔草覆之，令母鸡代哺。

我读了想笑，陈眉公也不知从哪听来的话，将母鸡的生活安排得如此辛苦。

鹅生长两三年才产蛋，产蛋期大概有七八个月，差不多三天产一个蛋，一年产蛋也就六七十枚。也有高产的，一年能生一百多只蛋。但鹅寿命长，可以活上三五十年，所以一生产蛋数量也是可观的。

《食宪鸿秘》有腌蛋的下盐分量：鸡蛋每百用盐两斤半，鹅蛋每百用盐六斤四两，鸭蛋每百用盐三斤十二两。

我们那腌蛋只用鸭蛋，还没见谁腌过鸡蛋、鹅蛋。

《食宪鸿秘》还有"糟鹅蛋"：三白酒糟，用椒盐、橘皮制就者，每糟一大罈，埋生鹅蛋二枚，多则三枚。再多，便不熟，味亦不佳。一年黄、白浑，二年如粗沙糖，未可食。三年则凝实可供。

这个糟鹅蛋不知道味道如何，让我等三年吃，怕是没耐心了。

鸭绿与鹅黄是两种颜色，鹅黄听起来更迷人些，毛茸茸的小鹅像嫩黄色的花。苏轼说"小舟浮鸭绿，大杓泻鹅黄"，我初读以为船桨划起水，阳光照着有种嫩黄的色泽，原来鹅黄还泛指好酒。杜甫在《舟前小鹅儿》就写，"鹅儿黄似酒，对酒爱新鹅"。酒喝多了，血压高了，就炒盘鹅蛋蚕豆花吃吃，这个菜可以医贫血，也可以略略降点血压。

咸鸭蛋

从《金冬心》一文里，我就看出了一些端倪，汪曾祺对袁子才的态度。到《故乡的食物》写鸭蛋时，他则直接说不喜欢袁子才这个人，他的《食单》好些菜的做法是听来的，他自己并不会做菜，唯一对《腌蛋》一条觉得亲切：

腌蛋以高邮为佳，颜色红而油多，高文端公最喜食之。席间先夹取以敬客，放盘中，总宜切开带壳，黄白兼用；不可存黄去白，使味不全，油亦走散。

高邮离武进不远，我小时候却从未听说过，更不知有高邮咸鸭蛋了。

我吃煮蛋，掰了蛋白吃完，蛋黄就剩下了。小时候偶尔遇到双黄蛋，觉着真是稀奇，但看了看后就把蛋黄抛一边。当然，大人是看不得浪费的，我妈妈总是把蛋黄吃掉。但是，咸鸭蛋我是爱吃蛋黄的，蛋白口感又干又粗。因为从蛋壳一头敲了个洞，慢慢把油汪

咸鸭蛋

汪的蛋黄抠空，剩下的蛋白被蛋壳"藏"住，妈妈也就看不见了。要不，到我五十岁，她还得帮我吃剩下的另一半。

吃咸鸭蛋，我恨不得它不止双黄，四黄、六黄都不为过。

儿时过端午，大人会用红头绳编个网兜，差不多装下一只蛋，打个结捆住挂脖子晃半天，然后再去剥蛋吃。以前煮粽子时同锅煮的鸡蛋、鸭蛋就是好吃，但从来没有把一只咸鸭蛋的蛋黄裹在粽子里的做法，也就是现在到处都能吃上的"蛋黄肉粽"。

火 锅

白居易那句"绿蚁新焙酒，红泥小火炉"，令我着迷了很多年。尤其到了冬天，新米酒出缸，天还亮堂堂的，就心急火燎地要温起米酒来。不爱酒的人，初读那诗可能以为那是在吃着火锅、咪起了米酒呢。

我并不是特别爱吃火锅。隔上十天半个月的，觉着嘴巴里淡而无味，就想去吃顿火锅，给舌头舔点辣。辣吧，又只能是微微辣，很是尴尬。我这人懒，常去附近那家"园里"火锅，吃着吃着和老板做起了朋友。老板是因为爱吃火锅，才开了这家火锅店，对食材把控得非常好。我有成都的朋友来，带他去吃，也觉着这家火锅店很是地道。但我得承认一点，成都的火锅店烫的是新鲜鸭血，我在"小龙坎"吃过，是常州的火锅店没法相比的，常州火锅店里的鸭血，基本上是那种熟制的。

后来，"五星桥肥牛火锅"终于有新鲜鸭血可以点单了，这个店有一道咸排，我敢说至今没吃过哪个火锅店有这么好吃，我和一些朋友去这家火锅店就冲这道咸排去的。咸排肉质嫩，咸淡适中，不像有的店里，要么寡淡无味，要么粗粝不堪。我们坐下来，其他菜品未点，会先要上两三份咸排。

成都的卤兔头很出名，兔肉火锅也很出名。不晓得是因为爱吃兔头的人多，于是兔子身体的其余部分用以烫火锅吃了，还是因为爱吃兔肉火锅的人多了，剁下来的兔头舍不得浪费，卤着卤着，居然也成了非常好的美味。这个问题就像南京的盐水鸭很有名，那些鸭血、鸭肠、鸭肝衍生出了同样著名的小吃"鸭血粉丝"。

火锅文化从什么时候开始，我也没工夫去考究个清楚。但宋时的一只野兔子，开启了兔肉涮锅之旅。

《山家清供》有"拨霞供"：

向游武夷六曲，访止止师，遇雪天，得一兔，无庖人可制。师云："山间只有薄枇，酒酱、椒料沃之，以风炉安坐上，用水少半铫，候汤响，一杯后各分以箸，令自夹入汤摆熟，啖之。乃随意，各以汁供。"因用其法，不独易行，且有团栾热暖之乐。越五六年，来京师，乃复于杨泳斋伯岩席上见此，恍然去武夷如隔一世。杨，勋家，嗜古学而清苦者，宜此山林之趣。因作诗云："浪涌晴江雪，风翻晚照霞。"末云："醉忆山中味，都忘贵客来。"

薄薄的兔肉片，在沸水里一撩一拨，肉色渐红如霞，蘸上酱料，

246

火锅

入口细嫩，心也荡漾起来。林洪吃完，还专门写了"浪涌晴江雪，风翻晚照霞"这样的句子。福建泉州人林洪在武夷山间吃的一顿涮兔肉，却不知何故变成了传统豫菜"拨霞供"。

烧 烤

落入荒野，溪涧抓到一条鱼，石头砸中一只野兔，一双饥饿许久的眼睛会陡然亮堂起来。如果你幸好是个抽烟的人，口袋里还找见了一只打火机，几根枯枝架好，一会工夫就能吃到香喷喷的肉了。盐就别指望了，你不是精心布置去野外烧烤的，你是在经历一次意外。

若你不抽烟，没那只打火机，你就得像还未学会钻木取火之前的原始祖先，只能饮毛茹血地吞咽那些食物。也许吧，也是一种原初之味，现代人有些就迷恋这种生吃的食物，我是断然不敢也不想尝试的。

《诗经》里谈到食物味道时，不是说"或燔或炙"，就是说"燔之炙之"；不是说"炮之燔之"，就是说"燔之炮之"。说到底，烧烤，最初的美味之旅，一直延续至今，有了油、盐、香料、各类调味品。我去过的烧烤店，或许比肉眼能看见的星星还多。

以前只有"炙"字，没有"烤"字。我读过两个版本的《山家清供》，其中有道菜，一个版本里记载为"鸳鸯灸"，一个版本里记载为"鸳鸯炙"。很显然记录为"鸳鸯灸"是错的。但"鸳鸯灸"这个版本又比"鸳鸯炙"那个版本读得通畅一点："向游吴之虞江，留钱春塘名选字舜举家，持螯把酒，适有人携双鸳至，得之，烀以油煿，下酒、酱、香料燠熟，饮余吟倦，得此甚适。"钱选字舜举，又称钱春塘，这样就通了。另一个"鸳鸯炙"的版本我怎么也读不通："向游吴之芦区，留钱春塘。在唐舜举家持螯把酒，适有弋人携双鸳至。得之，烀，以油煿，下酒、酱、香料燠熟。饮余吟倦，得此甚适。"这个版本里面都搞不清和谁喝的酒了。但相同的是，那双鸳鸯大致是烧烤的做法，恰切地说，不是鸳鸯，是一种叫孝雉的鸟。谁都无法接受烤鸳鸯，就当是烤鹌鹑之类吧。林洪吃过，并写下一个好句子："盘中一箸休嫌瘦，入骨相思定不肥。"那么，"烤"字是怎么来的呢？说是一个烤肉店老板请齐白石题牌匾，齐白石找不到合适的字，在民间口头已有"烤"的说法的基础上，根据形声字的造字原则造了这个字，取"考"字之音，并在牌匾注："诸书无烤字，应人所请，自我作古。"因"烤"字造得有理，被广泛使用，之后被收录各种字典。

烧烤也叫烤串、撸串，串主要是羊肉串。那从炉架上一下来的肉串油滋滋的，撸得人嘴唇上都快要滴下油来。我去过几百上千次烧烤摊，没吃过一次羊肉串，因为我不吃羊肉。从某种意义上说，我可能不属于热爱撸串的一族。

寻常去吃烧烤，我大致点鸡翅、韭菜、面筋等少数几种食材。还一种大河蚌，放点儿粉丝、蒜蓉，与切碎的蚌肉搅和在一起烤，挺入味的。这个烤河蚌，离我家不远的"大厨烧烤"烤得尤其地道。"夜焰烧烤"是一个朋友开的，他喜欢喝酒也喜欢吃烧烤。大伙都说他烧烤店里的烤鸡爪好吃，香嫩弹牙，尤其几位女生十分钟情。我认为他家的烤猪蹄才是烧烤店的主题。猪蹄经精心卤制，烤到表皮红亮嗞嗞冒油，撒上香料，外脆里嫩，很有嚼头。有的地方的烤猪蹄，连牙口好的人嚼起来都很费劲，我这类牙齿不行的就只有望洋兴叹的份了。"夜焰烧烤"的烤猪蹄把卤猪蹄与烧烤相对完美地结合起来，火候拿捏得恰到好处，倒是一道美味，给夜食一族带来点小惊喜。

我对一种食材"响鱼"情有独钟。这种"响鱼"十来厘米长，三五厘米宽，扁扁的，一烤出来油汪汪的，看了就有食欲，嚼起来又香又脆。"响鱼"名字的来由，我试着考证过，没能找出来。而且奇怪的是，"响鱼"作为烧烤食材，只有南京才有，我去过的任何一座城市的烧烤摊都没有见过"响鱼"。所以我曾写过，每次去南京，一是要看看梧桐，二是要吃吃"响鱼"。

这个烤"响鱼"的地方，专指云南路上的"福星烧烤"。我南京的朋友们都纳闷，这"响鱼"有什么好吃的呢，没觉着有什么特别诱人之处啊。纳闷归纳闷，那些朋友啊，一听我到了南京，晚餐一结束就会陪我去"福星烧烤"吃"响鱼"，他们几乎没有一个说"响鱼"有多好吃，却又一个个陪我在那喝着啤酒啃着"响鱼"，连不喝酒的何同彬也总是拿杯饮料坐在那，吃着吃着头发都渐渐白了。

多好啊，吃烤"响鱼"已然变成了我们一群写作人小圈子中的一种情怀。

烧烤是怎样一种美食呢？大多数人都喜欢又不能说是故乡的食物的一种东西，因为只要有人集聚之所，必有三三两两的烧烤摊。烤得再不好吃的摊子，也会坐上三三两两的人，在那喝着啤酒侃着天。记起一件趣事。二十多年前去西安，因为吃不惯那边的羊肉泡馍之类，在土门一家旅馆旁的烧烤店连吃了五六天，那烧烤还真不怎么好吃，我这个人呢，又懒得挪地方。以至隔了两年再去西安，又去那家烧烤店时，店里的小伙计一眼认出我来，说了句"前两年你来过"。这一听，老感动的，这也是我常年做一个酒馆的老熟客所喜欢的感觉。

我去过贵阳，只在那住了一晚，那晚的夜宵也是吃的烧烤，具体烤了什么内容不记得了。回来后却听说，贵阳烧烤里有一个特色是烤鸡蛋，烤前在鸡蛋上用小刀抠个小洞，烤鸡蛋也有灵魂，放入切碎的折耳根和辣椒面，鸡蛋烤到七分熟就可以吃，直接用吸管吃，有一丝丝香辣毫无腥味。这个下次去贵阳得试试，至于说滑糯的烤鸡冠就算了，我对疙疙瘩瘩的瘤状物还是有点儿忌讳。某部纪录片里见日本有种烤提灯，看起来很美，有机会一定要去尝尝。

兔　头

读《诗经》有《兔罝》，看那阵势，得捕到多少只野兔子啊。再看那阵势，好像用牛刀去杀鸡了。古代"周南"的江汉之地，楚人把老虎称作"於菟"，他们狩猎的目标看起来更应该是老虎吧。《小雅》里是吃兔子了，"有兔斯首，燔之炮之"，肥美的兔子是招待远方来的朋友必要的食物。

我小的时候，家里养过一窝兔子。那时候爸爸是一个村办企业的负责人，没什么饭馆可以请所谓的供销员，来了一个就领回家自个儿做饭接待。我记得每次爸爸都会宰一只兔子，剥皮，去头，肉红烧。那时候我们为什么不吃兔头呢？《齐民要术》中那么早就有做兔头的菜了——兔臛法："兔一头，断，大如枣。水三升，酒一升，木兰五分，葱三升，米一合，盐、豉、苦酒，口调其味也。"

动物的头，我吃过猪头和鸭头。

猪头是咸猪头，鸭头是"阿兴鸭头"。猪头、鸭头很多地方都能吃到，牛头也有，牛头我不吃是因为觉得，头虽然蒸熟了，泪还在流着。兔头似乎只有成都才有。四川人一年要吃掉三亿多个兔头，那个"三"字后面可有八个零啊。

第一次到成都已是夜半。茂戈从双流机场接了我直奔夜宵地，在广都街一个叫"伟伟鸭脑壳"的夜店。一个卖鸭头的店里居然卖得更多的是兔头。

成都的兔头，喊"老妈兔头"，蹄花也叫"老妈蹄花"。那么多的兔头和蹄花，成都的妈妈们是来不及做的。我生活的地方常州，做家常菜的饭馆有"舅婆家"呀"妈妈的味道"什么的，打的都是亲情牌。

我是听了赵雷的歌《成都》才去的，后来每年都去一趟。那个叫"小酒馆"的地儿人挤得满满的，等个空位要很久，我这种人吧，也没了耐心。兔头倒是每次去都得吃上几个。

第一回吃兔头无从下手，觉着兔子的脑袋怎么可以吃呢。陆游在《老学庵笔记》写道："贺方回状貌奇丑，色青黑而又英气，俗谓之贺兔头。"贺方回，即贺铸。活兔子的脑袋还是蛮机灵可爱的，即便盘子里那几个兔头也好像在龇牙咧嘴地笑着。

酒精的怂恿下，终于掰开了第一个，麻辣味的，实在辣得不行就叫上两个五香味的。味道还真心不错，不过，兔子的舌头我怎么也不想吃。吃着吃着，发觉那盘子里安安静静的兔头龇着牙，我却没几颗好牙可以龇了。想起以前写过的《野兔夫妇》有点小忧伤，"原野美善，人世多盐花/我相信会有一个轮回/请你们忘记青草的滋味/在餐桌边，尝一尝人类"。我吃东西容易忧伤，变得很无趣。

那次吃兔头我还写了首诗《成都》："会有一天/我们会说起年轻时/吃兔子脑袋的事/吃素前一个个那么勇敢/那时候，四十岁的身体/还能沸腾/火锅边有我写情诗的兄弟/他们哭过/我喜欢那种不骗人的泪水/姑娘从康定拎来/阿妈酿的黑青稞酒/棕马从我的血里跑出一片草原/我们很快就要老了/在窄窄的巷子里/一起挤出点宽宽的时间"（二〇一七年十月二十八日）。

姑娘是雍措，火锅边写情诗的兄弟是茂戈和王少勇。我们一起吃兔头，真是勇敢的事。

兔头带回来吃就不好吃了。扬州的老鹅和北京的烤鸭，远的近的，带回来都不好吃了。所以，只能去成都吃兔头；所以，茂戈每年都寄兔头来，怎么吃也吃不出在成都的味道。后来才发现他的"用心良苦"来：你们快来成都吧。

张简之听着听着《成都》，会唱了，也去成都了。他才十岁，不会喝酒，他说去成都一是去"小酒馆"看看，二是去尝尝兔头的味道。

海 参

"参"字的甲骨文，上面有三颗星，下为人形，意为参星照耀着人。所以，参的本义为星名，经常相提并论的叫商星，参商这两个星宿从来不同时出现，所以又用来比喻相隔两地不能见面。于是，一个概念中大补的"参"又有了"伤"的一面。

参，近代用于植物名，比如人参。也用于动物名，比如海参。药材也好，食材也罢，说来说去皆为名贵之物。人参与海参原本也相隔两地不能见面，因为名贵，就会在一张餐桌上甚至一碗煲汤里出现。

小的时候，常见一个情景，妈妈敲着碗筷呵责挑食的孩子："哪来天天的鱼肉海参给你吃啊！"那年月，鱼是三天两头可以吃到的，猪肉恐怕还不是隔三岔五能上得了餐桌。至于海参，只是闻其名不知其详，即便是正在责骂孩子的妈妈估计也没见过。所以也谈不上对海参这东西有多大憧憬。

而今，海参已是餐桌上常见之物，还得讲究辽参与鲁参之分，王士雄说海参"种类颇多，以肥大肉厚而稬者，膏多力胜"。一桌人以男士、女士而分，男士每人一份鲍汁海参，缀以两三瓣西兰花。女士则每位一份木瓜炖雪蛤。这个吃法，无非是所谓的海参补阳、雪蛤滋阴吧。每每如此，我对眼前肥硕的海参其实没多大胃口，吃下去也谈不出好吃个所以然。往往是随"补阳"大流的心态，觉着不吃掉实在浪费，也枉费了主人一片心意。

其实，女士也非常适合吃海参的，可能是温和的木瓜炖雪蛤看起来更配女性的优雅而已。王士雄的《随息居饮食谱》说起海参，似乎对女士的功效更多："滋肾，补血，健阳，润燥，调经，养胎，利产。凡产虚、病后、衰老、尪孱，宜同火腿或猪羊肉煨食之。"他终于从老中医的角色中脱离片刻，提供了海参的一种做法，转而又回到温病学家的身份，劝告"痰多、便滑"的人就不要吃了。

海参还有常吃的做法是切丝炒，配上西芹片，口感脆嫩，颜色看上去也颇相宜。

葱烤海参听说过，没吃过。在济南时吃到过一道"四丝干贝"，是将干贝泡好撕成丝，加上海参丝、鸡丝、笋丝，与葱姜蒜一起爆炒。看起来不起眼，夹上一筷鲜香味醇，忍不住又伸出筷子。不由想，这做菜和做人一样，一盘盐水虾只需将水煮沸放入河虾撒几粒盐花就行，那叫独善其身；这四丝干贝集干贝、海参、鸡、笋之味于一体，叫相互成全。

又想起那个在呵责孩子的妈妈的话："哪来天天的鱼肉海参给你吃啊！"现在想来，寻常的鳊鱼、草鱼似乎无法与海参并列，起码鱼翅才般配嘛。人们挂在嘴边的，总是海参、燕窝、鱼翅。鱼翅羹我觉得很好喝，丝滑入口。燕窝却不见得好吃，只是一个滋补的概念。我妈妈骨折那半年，妹妹时常寄一个叫"楼上楼"牌子的燕窝来，我就拿它与银耳或红枣炖给妈妈喝。寄得多我就天天炖，也不懂如何的炖法，据爱人说，哪有你这样炖燕窝的，用量是别人的三五倍。妈妈几天就吃腻了，兴许也是"滋补"支撑着她，多咽几口下去可以尽快站起来，也没想过燕窝与治骨伤有没有太大关系。我尝过两口，一点不好吃。李调元在《南越笔记》中讲燕窝又叫燕蔬，可以补充草本的不足，故名蔬；北方产榆肉，南方产燕窝，都属蔬类。燕蔬这个名字好，满眼绿油油的，不像燕窝，眼前一下子冒出堂屋倒梁上泥巴粗糙的窠，小燕子还在拉屎。乾隆喜欢吃燕窝粥，估计也是念叨着补身体。光绪朝的御膳中，燕窝居然和鸭子较上了劲：燕窝苹果烩鸭子热锅、燕窝冬笋烩糟鸭子热锅、燕窝鸭子葱椒面、燕窝鸭子徽州肉镟子、燕窝鸭子炖面筋、红白鸭子燕窝八吉祥、燕窝醋熘熏鸭子、燕窝攒丝鸭子、燕窝松子清蒸鸭子……

我是写海参的，说这么多燕窝干吗呢？鱼翅就再不写了。

熊 掌

写一本关于食物的书，如果不写篇没有吃过的，似乎也不完整。

熊掌这东西，吃过的人不是太多，起码我熟识的人没有吃过，但大家都知道熊掌并且心中还有个比鱼好吃的概念，都来自《孟子》那句关于鱼与熊掌的说教。我只是在酒桌上，听一个只见过一次的人说起，吃过熊掌，如何如何美味。至于是否吹牛，我也没必要去计较。顾仲在《养小录》里把爱好饮食的人分为三类，此类就属于三类中的第二种人"滋味之人"——广食奇珍异味，又喜好虚名，不吝惜花费，甚至对身体有害还是有益大概都没有工夫去考虑。

我看那人的谈吐，就一副曹植《名都篇》里京洛少年"脍鲤臇胎鰕，炮鳖炙熊蹯"吃吃喝喝玩玩的模样。

熊掌我见过，还长在动物园里黑熊的身上。熊掌的做法，我只在电影《满汉全席》里见过。两位厨子比谁做的熊掌好吃，一个做了"踏雪寻熊"，一个做了"一掌乾坤"。看似人间珍馐，我好像没有吃的欲望。

有位在二十世纪七十年代做过熊掌的大厨说，熊掌真的不好吃，说白了就是一块膻味很重的肥肉，并且很难处理，处理不好的话，还不如吃普通的鸡鸭鱼肉。我觉得他说的是大实话。不光是熊掌吧，山八珍驼峰、熊掌、猴脑、猩唇、象拢、豹胎、犀尾、鹿筋都未必好吃。枚乘《七发》里提到"熊蹯之腼，芍药之酱。薄耆之炙，鲜鲤之鲙。秋黄之苏，白露之茹。兰英之酒，酌以涤口。山梁之餐，豢豹之胎"，我看看其他的都比熊掌和豹胎好吃。

顾仲的《养小录》基本上是抄来的，抄得最多的是朱彝尊的《食宪鸿秘》，还经常抄着抄着就抄丢了几句。"熊掌"也是抄来的："带毛者挖地作坑，入石灰及半，放掌于内，上加石灰，凉水浇之，候发过停冷取起，则毛易去，根俱出。洗净，米泔浸一二日，用猪脂油包煮，复去油，撕条猪肉同炖。熊掌最难熟透，不透者食之发胀。加椒盐末和面裹，饭锅上蒸十余次，乃可食。或取数条同猪肉煮，则肉味鲜而厚。留掌条勿食，俟煮猪肉仍拌入，伴煮数十次乃食，久留不坏。"不同的是，这次顾仲没抄丢，还添了朱彝尊没有体验的"久煮熟透，糟食更佳"。

熊掌差不多变成了猪肉的配料。我想想，这熊掌是不会好吃的。

所以，熊掌就别去黑熊身上取下来了，把它们留给茫茫雪野多好看呢？写到这里，我翻到埃诺斯·米尔斯的《探访大灰熊》，他说一只母大灰熊向他的猎人朋友发起攻击，猎人不得不瞄准它的脑袋开了一枪，接下来："其中一只幼仔变得困惑而不知所措，嗅母亲那冷冰冰的一动不动的尸体，用爪子轻轻地抚摸母亲的皮毛，然后坐下来，开始呜咽着哭泣起来。另一只幼仔则伫立着，充满敬畏地看着母亲一动不动的脸，但它最后还是摆脱了惊骇，闻了闻母亲那鲜血淋漓的脑袋……而猎人始终泪流满面地看着这只幼仔。片刻之后，那只幼仔便朝着猎人迈出了一步，伫立起来，把前爪信任地搭在猎人膝盖上，认真、信赖地看着他的脸……它们后来就由猎人养大。经过这次事件，那个猎人从此就放下了猎枪，而这两只大灰熊幼仔的母亲也就成了他猎杀的最后一只动物。"

这不是一篇写美食的文章，这是在给那些吃完熊掌的人，讲一个救赎的故事。

草 药

康·帕乌斯托夫斯基有次在湖边垂钓，因为树丛茂盛，野花长得半人多高，岸上的人一般不容易觉察到他的人影。他听到了几个乡下孩子采摘酸模时的对话。一个小姑娘像炒爆豆似的讲出了一连串花草的名字。"这是猪秧秧。这是睡莲。瞧，就是那长着白铃铛的。这是杜鹃泪。"康斯坦丁·帕乌斯托夫斯基被这极其生动的植物课惊叹不已，这个小姑娘还讲出了女娄、紫茉莉、石竹、荠草、细辛、皂根、唐菖蒲、穿心排草、百里香、金丝桃、白屈菜等，有些花草我也认识，有些则从来没听说过。又瘦又小的帕姆霍老头正好来砍柳条，用以编箩筐和篮子，他阻止那些孩子不要大声嚷嚷，别人在钓鱼呢。孩子们走开后，老头过来向康·帕乌斯托夫斯基讨烟抽，康·帕乌斯托夫斯基说，刚才有个小姑娘可真了不起，什么花草都认识。

"您说的是克拉娃吧？"老头问。下面的一句开始令我惊叹不已了："她是集体农庄饲马员卡尔纳乌霍夫的闺女。她奶奶是全州最有本事的草药郎中，这丫头还有什么不认得的呢!"

那个地方是奥卡河左岸的叶塞宁诺村，俄罗斯诗人叶赛宁的故乡。那里也有草药郎中，完全颠覆了我脑中草药独属神农氏后人的国度的概念。先人尝了百草，一笔一笔地记录了各类草的样貌，当归、枸杞、地黄、牛膝、天麻……从偶然性慢慢归纳总结它们与身体的奇妙相处。连清人黄图珌在《看山阁闲笔》写几句闲情的《挽髻》也加了个"附治发少方"：侧柏叶不拘多少，阴干为末，和香油涂之，其发自生且黑。黄图珌在医学界没李时珍名声大，他的这药方看来没什么人会去用，更不用说他的"又"了："取羊尿不拘多少，纳鲫鱼腹中，用瓦缶固济浇灰，和香油涂发，数日渐渐长而黑矣。"试问，哪个女子愿意试试?

当年，贾岛去寻访一个隐士，没遇见，那人的弟子告诉他，师傅采药去了。"云深不知处，只在此山中"，这个弟子伶牙俐齿，听起来反正就在这座山里，可山太大了，贾岛未免有点失落。感觉像去找回一个姑娘，有人指一指，她就在那片海上。

我平生羡慕两个职业。一种是牧羊人，赶了羊群翻山越岭，从草地上寻找前程。还有一种，就是采药人。贾岛面前的那座山叫什么山，我不清楚，但山里可能藏有千年老参，灵芝，或者一朵雪莲，像武侠小说中说的那样，各有神奇的功效。我倒不是想寻得灵丹妙药，可长生不老。瞅着日渐衰弱的妈妈，若能采到一剂好药，有望看护她的垂暮之年。

武侠里的名医，都有很怪的脾气。比如《倚天屠龙记》里"非明教人士不救"的胡青牛，《天龙八部》里"你不教我一招绝招，我是不会救你的"的薛慕华，《笑傲江湖》里"医一人，杀一人。杀一人，医一人"的平一指。他们的怪脾气令张无忌、乔峰、令狐冲三位侠士一点办法也没有。可他们的医术名满天下，他们就是最后的希望，他们的怪脾气不妨看作"职业准则"，并不比当今某些名医道德操守差。他们似乎擅长针灸、把脉，爱用草药的是《飞狐外传》里那个娇弱的女子。她说："据师父讲，我的名字来源于一本叫作《黄帝内经》的医书，灵指《灵枢》，素指《素问》。"她即是用毒专家，也是杏林妙手。当胡斐身中碧蚕毒蛊、鹤顶红、孔雀胆三种剧毒，她瞧着胡斐柔情无限，从药囊中取出两种药粉，替他敷在手背，又取出一粒黄色药丸塞在他口中，低声道："我师父说中了这三种剧毒，无药可治，因为他只道世上没有一个医生，肯不要自己的性命来救活病人。大哥，他不知……我会待你这样……"说真的，我真是感动。程灵素和她用酒浇培出来"七心海棠"，一度成了我内心的一种符号。上哪去娶这样的女子呢？可以不怕生病不怕中毒，生了病中了毒也可以被照顾好被解掉毒，像我这种"仰头空了那只葫芦，哪怕已下鹤顶红"的痴人，则更无担忧，有程灵素和可解世间奇毒的"七心海棠"呢。

我想吧，人一出生就病了，一病一辈子。而每天吃的蔬菜就是一种好的草药，青菜补钾，菠菜补钙，调理着我们身体的日常。一旦需要那些少见、甚至罕见的草药，是我们的小病变成了大病。很多年来，我不吃那些药丸。一是不知何故，它们总是卡在我的喉咙，苦上老半天。二是学过化学后，我总看见那小小药丸的身子里藏了巨大又复杂的分子结构，若进入我的体内，它们会组成无数的可能性。而草药虽也苦，看起来却温和、简单，用中国的文火熬着。

草药是中药的一部分，中药的另一部分说的是动物的故事。比如刺猬可以治疗什么，穿山甲可以治疗什么，那些故事我就不谈了，说起来会心生不适。我呢，很容易就去相信一些事，但即便相信，我也不会因为相关部位的需要去吃那些动物的肾啊肝啊的，更讨厌那些热爱消化动物生殖器的人。我喝过两回草药，一回是十六七岁时，个子长得不高，妈妈去药房配了几服中药。其中成分我是不知道的，反正那褐黄色的纸里包着十几二十多种干枯的植物，我也认不出它们的面目来。那几服中药苦了我半个夏天，秋天时，我的个子一下子透了出来。我的课桌也从第一、第二排到了最后的两排。我记得那年的合影，在天安门广场上爸爸比我高出半个头，很快我比爸爸高出半个头。我看着同学们的后脑勺时，想想比被同学

266

们看着后脑勺要有意思得多。

另一回喝中药的经历如今想来还是很后怕的。那年去南京读大学，因为住宿舍人多没办法安心写东西，就和结识的一位文友合租了一个房子。确切地说，是他和一个女的合租了一间两室的房子，于是让了一间给我，他就睡到那女的房间去了。第一次进那房子，就闻到了一股草药味，阴阴的，让人有点儿不安。他比我大两岁，胡子稀少得也令人不安。他有一个小本子，记载了一些药方，却不给任何人看。他说起了早年在山里拜师采药的经历，听起来有点神奇，他说因为从小身体不好，学医采药为的是可以自己调理。我和他居住的短短半年里发生过许多故事，十几年前我就用小说写了一半，还有一半我一直想把它写完。再回到喝药的事情上吧，有次我重感冒，因为拒绝药丸，又将出远门，他说给你熬两服中药喝吧，很管用。虽然我对他的医术有所怀疑，还是被他的热情消解了，结果证明我的重感冒在古老的西安未见得有任何好转。

二十多岁的年纪，我的胆子太大了，居然敢喝下那么一碗中药。

转眼四十好几了，长期对酒的热爱使得我的肝功能中好几种酶的指数箭头直往上蹿，护肝片之类就不去吃了，找个老中医把把脉吧，好好听他的话，去认认白芍、金钱草、黄芩、茵陈、玫瑰花、泽泻、苍术……的样子。冬虫夏草虽说名贵，少量买点泡茶喝还是买得起的。以前没写冬虫夏草，是犹豫着写完放进植物系列《草木来信》中，还是放进动物系列《大地公民》中，虽说我已知道了它是靠寄生在鳞翅目昆虫蝙蝠蛾的幼虫身体中成长的一种真菌植物，还是不想把它分割开了，不如写进这篇《草药》里，作为食物吧。

把自己写成一种晶体

——为张羊羊《锅碗瓢盆》作

翟业军

　　一个牙齿摇落、清瘦到干枯，佳肴满席却只夹几粒花生米和螺蛳下酒，就这样也能把自己喝到半死的中年男人，不知哪根脑筋搭错，写出一本美食散文集《锅碗瓢盆》。《锅碗瓢盆》与市面上流行的美食散文之间起码存在两重错位。其一，写美食散文的人一般都能吃、好吃，用逯耀东的话说，"肚大能容"嘛！"肚大能容"的形象代言人，就是那个"没有……的夜晚，最难将息"的沈宏非。而张羊羊吃得那么少，都四十多岁了，连个肚子都没挺出来，哪有什么资格红口白牙地谈吃？看他谈吃又能激出多少吃的欲望？其二，能吃、好吃，于是，必得上穷碧落下黄泉地吃才能暂时性地满足永远都满足不了的舌和胃，就像"影梅庵"喜欢研究各路食单，"四方郇厨中一种偶异，即加访求"，也像汪曾祺，"什么奇奇

269

怪怪的东西都要买一点尝一尝"。这样一来，吃货笔下之美食就多出自山南海北，寻常人吃不到、吃不起，那就看看他们写的美食文章，同样能看得口齿生津，也算是慰情聊胜无吧。而张羊羊所写不过是从奶奶、妈妈到他自己一代代做下来、吃下来还会一直做下去、吃下去的再家常不过的食物，也就是 grandma's recipe（唯一的例外是他没吃过的熊掌，说熊掌的用意却是要让吃熊掌的人害羞的），读这样的文章有什么快感可言？

不过，错位就是刺点，是症候，正是这些症候揭示着作为一位美食作家、一个对世界有话要说的作者的独特处。

想象一下吧，割一把春韭，加点油盐略作翻炒，吃下去，就好像嗅吸着整个春天。但是，往深处想，此时的春韭离开了它的根、它的土壤，甚至脱离了它的水分，它内部那个让它从破土一路来到抽薹的动力被杀死，它不再拥有自己的生命，它再鲜嫩些，也是不自足、有所待的——等待被咀嚼、被消化，并转换为另一种有机体的血和肉。跟炒春韭一样，所有的食物都是不自足的，因而也是僵死的，它们只有被消耗之后才能投入另一个虎虎生风的循环。所以，食物是一种残缺，一种呼唤，食客的进食对于它们既是摧毁，更是成全。剩菜残羹一词是对于食物之不自足、僵死性的最明了和刻毒的揭示：只要没有被及时地食用罄尽，它们就一定是不堪的、狼藉的，就像没有被及时处理的尸体一样。从这个意义上说，写食物不过是在写食客的欲望、品行，特别是，生之欢畅。美食家、美食作家都是唯我论者。轻度厌食的张羊羊没有锋利的牙口、钢铁般的胃以及吞噬再重造的强烈的饥渴，泛滥的酒又强化了他的不及物性，他是餐桌的多余人。他的选择是，离开餐桌，逛菜场、进厨房，买菜、择菜、做菜、装盘，看着家人、朋友吃下去，再洗好锅碗。他说："我喜欢一个人完成整个过程，若有人参与了其中一个环节，对我来说就是不完美的，这可能是一种癖好。""整个过程"这个词真好，因为它意味着对于细节的沉潜，有了层层叠叠的细节，它就是丰润的、有生机的；更意味着生长、衰颓紧接着又迎来新一轮生长，它由此拥有了自身的动力，是生生不息的。于是，"整个过程"就是一个有机体，在此过程中，有所待的被还原为自足的，僵死的被还原为有生机的，就像给瓢儿菜以一庭春雨、给扁豆花以满架秋风，我们甚至能听到小草拔节的声音，看到树叶上淡淡的绒毛。

至此，我可以肯定地说，张羊羊所写的食物被重新赋予了生命，跟他所写过的植物、动物一样，它们都是大地的生灵。大地的生灵就是莱布尼茨所说的"单子"，或者是纪德所描述的晶体："每件东西都潜在的含有它本体的内在的和谐，就如同每粒盐都含有它结晶的原型。"因为"每粒盐都含有它结晶的原型"，所以一道食物就可以折射从奶奶、妈妈、自己再到儿子的生命代谢，而代谢的冷暖、哀乐也可以付与一道食物的食用、回味甚至只是冥想中。如此说来，grandma's recipe 是奶奶、妈妈的菜谱，也是武进、江南的食单，更是一份轻灵又沉重的生命的清单。写出一本 grandma's recipe 就是创造出一颗水晶球，水晶球里，多少年前妹妹烧火、张羊羊做菜，大人回来就有现成的吃，跟现在张羊羊做菜、看着老婆孩子吃，一同处于敞亮中，它们都是最鲜活的现在，它们就是一回事。就这样，张羊羊写出一个曾在与现在"共在"的江南，他的江南有自己的今生，还有一个悠远的前世。

要写出一块块晶体，创造出一颗颗水晶球，张羊羊自己就必须是一种晶体，没有杂质、没有欲望，含有一个原型，与所有的晶体彼此掩映、照射。不过，是人就不免浑浊，用张爱玲的话说，人是脏的，沾着人就沾着了脏。张羊羊的对抗方式就是写，写《草木来信》《大地公民》和《锅碗瓢盆》等晶体，并在写出这些晶体的同时，把自己也写成一种晶体——晶体是名词，更是动词，它只存在于不断地写的过程中。

二〇二二年二月二十四日，浙大启真湖畔

图书在版编目（CIP）数据

锅碗瓢盆 / 张羊羊著. -- 武汉 : 长江文艺出版社,
2022.9
　ISBN 978-7-5702-2764-8

　Ⅰ. ①锅… Ⅱ. ①张… Ⅲ. ①散文集－中国－当代
Ⅳ. ①I267

中国版本图书馆 CIP 数据核字 (2022) 第 112584 号

锅碗瓢盆

GUO WAN PIAO PEN

──

插　　画：徐子晴

责任编辑：周　聪　　　　　　　　责任校对：毛季慧
封面设计：颜森设计　　　　　　　责任印制：邱　莉　王光兴

──

出版：长江出版传媒　长江文艺出版社
地址：武汉市雄楚大街 268 号　　　邮编：430070
发行：长江文艺出版社
http://www.cjlap.com
印刷：湖北新华印务有限公司

──

开本：880 毫米×1230 毫米　　1/32　印张：8.875　插页：2 页
版次：2022 年 9 月第 1 版　　　2022 年 9 月第 1 次印刷
字数：170 千字

──

定价：52.00 元

──